벽 속의 요정

천의 얼굴 김성녀 Life Story

벽 속의 요정

문학세계사

제4장 마당놀이, 그리고 창극단

제5장 사람, 사랑하는 이름들

나는 배우다

캄캄한 무대 위로 잔잔한 음악이 흐르기 시작하고 서서히 조명이 켜진다. 웅성대는 사람들 소리, 삐걱거리는 의자 소리, 발자국 소리 등도 차츰 잦아든다. 곧 내 숨소리마저 크게 들릴 정도로 정적이 흐른다. 난 깊은 숨을 들이쉬며 떨리는 마음으로 무대 위로 나선다. 평생 무대 위에서 살았지만, 무대에 오를 때면 여전히 마음이 떨리고 긴장된다.

간이 침대 하나와 의자, 소품이 들어 있는 궤짝 두 개가 전부인 무대 위에서 나는 하얀 이불보를 뒤집어쓴 어린아이가 되어 연극을 시작한다.

〈벽 속의 요정〉. 2014년으로 10년째 나는 1인 32역의 모노드라마인 연극의 주인공 역을 맡아 연기를 하고 있다. 이 작품은 스페인 내전 때의 실화로 이념 논쟁에 휘말려 평생을 벽장 안에 숨어 지내야 했던 아버지와 아버지의 존재를 숨기며 살아가는 어머니, 벽 속의 아버지를 요정이라 여기며 살아가는 딸의 이야기인데, 이를 좌우 대립이 극심했던 한국의 역사 속에 녹여 내 우리만의 정서가 듬뿍 담긴 새로운 작품으로 각색한 것이다.

2005년, 나의 연기 인생 30주년을 맞아 남편이자 연극 연출가인 손진책 씨는 이 작품을 내게 선물로 주었다. 남편은 '김성녀가 가장 돋보이는 연극'이 목표였다. 이를테면 30년 간 쌓아 온 연기력이 한꺼번에 다 드러나는 무대를 만들고자 했던 것이다.

사실 남편과 함께 극단 「미추」를 만들고 난 후부터 배우로서 작품을 선택하기가 쉽지 않았다. 예전에는 하고 싶은 작품엔 거침없이 도전하곤 했는데, 그 이후부터는 작품을 선택할 때 단원들의 얼굴이 먼저 떠올랐다. 나는 자연스럽게 단원 개개인이 어떤 역할을 하게 될까 고민하게 되었고, 그러다 보니 작품 하나를 고르더라도 단원 전체를 생각하고 고려해야 했다. 일종의 책임감이기도 하고, 극단을 이끄는 엄마의 심정이기도 했다.

그렇듯 배우 '김성녀'보다 극단 「미추」를 먼저 생각하게 된 나를, 남편은 잘 알고 있었다. 그가 내게 선물한 〈벽 속의 요정〉은 다른 작품과 달랐다. 남편은 이 작품을 오직 김성녀를 위한, 김성녀만이 해낼 수 있는 모노드라마로 만들었다.

모노드라마는 배우라면 누구나 한 번쯤은 탐내는 장르다. 배우가 자신이 가진 모든 것을 쏟아부을 수 있는 기회를 얻는다는 것은 쉬운 일이 아니기 때문이다. 하지만 모노드라마는 그만큼 어려움이 따른다. 한 사람이 다양한 개성을 가진 사람들 각각을 표현해 내야 하기 때문에 연기력이 뒷받침되지 않으면 힘든 장르이기도 하다.

연극, 뮤지컬, 창극, 영화, 드라마……. 본격 연기를 시작한 지 30년 동안 장르를 구분하지 않고 다양한 공연을 소화하면서 나름대로 연기력이 쌓였으리라 생각한 나는 호기롭게 〈벽 속의 요정〉에 도전했다.

하지만 이 작품을 소화하는 것이 결코 만만한 일이 아니었다. 〈벽 속의 요정〉에는 무려 32명의 인물이 등장한다. 어린 아이에서부터, 소녀, 껄렁껄렁한 아저씨와 나이 지긋한 노인까지. 연령과 성별, 각자의 상황도 다양하다. 이 모든 인물을 두 시간 동안 혼자 연기해 낸다는 것은 쉬운 일이 아니다. 내가 생각하는 연기란, 단순히 맡은 배역을 흉내내는 것이 아니다. 일 분이 됐건, 한 시간이 됐건 관객 앞에 서는 순간부터는 그 인물이 되어야 한다. 맡은 배역의 특성과 행동거지, 목소리의 높낮이, 말투까지 섬세하게 연기해야 관객은 무대 위의 배우를 배우로서가 아닌, 연극 속의 인물로 받아들인다.

가식없는 인간의 모습을 담아 내는 작업이기에 일 분, 일 초도 소홀하거나 허투로 흘려보낼 수 없는 것. 그게 바로 배우의 삶이기에 32명의 삶과 영혼을 내 한 몸을 통해 보여 주려면 그야말로 죽을힘을 다해야 했다.

그러다 보니, 연극을 준비하는 기간에는 반드시 몸살이 나고야 만다. 30년 동안 연기를 해 왔다고 하지만 작품에 대한 중압감에서 벗어날 수는 없다.

그럼에도 불구하고 나는 이 연극을 2005년 이후 해마다 무대에 올리고 있다. 〈벽 속의 요정〉은 '배우 김성녀'가 보여 줄 수 있는 연기의 총합이자, 지나온 내 연기 인생의 정수와 같은 작품이다.

'배우 김성녀.'

어린 나이에 무대에 올라, 지금에 이르기까지 나는 여배우로서 살아왔다. 먼지 쌓인 극장이 나에겐 어머니의 품이고, 요람이었다. 조숙한 소녀로 자라서 신부 수업을 받아 좋은 곳에 시집 가는 대신, 무대 위에서 노래하고 연기하고 춤추면서 젊은 시절을 보냈고, 그렇게 지금까지 평생의 업이 되었다.

젊은 시절에는 무서울 것 없이 마음껏 무대 위를 활보했지만, 지금은 나이도 많이 들었고 체력도 많이 떨어졌다. 하지만 지금까지도 공연을 하고, 새로운 도전을 할 수 있다는 것은 행복한 일이다.

〈벽 속의 요정〉에 등장하는 다양한 연령의 인물들을 연기하면서 나는 그 인물들을 통해 인생을 돌아본다. 무대 위에서 살아온 한평생, 나는 그 삶을 사랑한다. 과거에도 그랬듯이, 앞으로도 그럴 것이다.

나는 배우다. 배우 김성녀다.

다섯 살에 오른 첫 무대

평생 할 일이 있다는 것은 무척 행복한 일이다. 그 일이 자신의 적성에 맞고, 스스로 즐거워하는 일이라면 더할 나위 없을 것이다.

한 작가가 말했다. 운명이란 지금 뒤를 돌아봤을 때 자신이 걸어온 길이라고. 내 나이 예순여섯, 내가 걸어온 길을 돌아보면 나는 평생 연극 무대에 섰고, 배우로서의 길을 걸었다. 그것이 나의 운명이었다.

다섯 살 때, 나는 처음 무대 위에 올랐다. 그땐 연기가 뭔지 공연이 뭔지 아무것도 몰랐다. 그저 부모님이 하라는 대로 무대 위에서 노래 부르고 춤추었다. 다른 아이들이 부모 무릎 위에 앉아 애교를 부리고 친구들과 골목길에서 즐겁게 뛰어놀 때, 나는 하루에도 몇 번씩 무대에 올랐다. 무대에 서면 온 세상이 다 내 것 같았다.

내가 맡은 역할의 대부분은 엄마의 아역이었다. 어른들의 잘한다, 잘한다 하는 소리에 어린 나는 신이 났고, 어쩌다 연주자가 박자라도 놓치면 냉큼 달려가 발을 콩콩 구르면서 박자를 바로잡아 주었다. 그러면 어른들은 '불여우' 같다면서, 박수를 쳐 주고 귀여워해 주셨다. 그런 나를 어머니는 뒤편에 서서 지그시 바라보고 계셨다.

막 걸음마를 시작했을 때부터 연극 무대와 극장은 나의 집이자 놀이터였다.

난 뼛속 깊이 무대 체질이었다. 무대가 너무도 편하고 좋았다. 마치 안방처럼 무대를 휘젓고 다녔다. 그건 어머니의 영향 때문이다.

어머니는 1950~1960년대를 풍미한 여성 국극의 프리마돈나 박옥진 여사이다. '여성 국극'은 춘향전이나 심청전 같은 우리 고유의 이야기들을 바탕으로 만들어진 음악극이다. 특이한 것은 배우들이 모두 여성으로 이루어져 있어, 이도령이나 심봉사 같은 배역들도 모두 여자 배우들이 연기했다. 임춘앵, 조금앵, 김경수 등 남자 역할을 주로 하던 배우들은 여성임에도 여자 팬들의 열성적인 인기를 얻었는데, 이들이 한번 공연에 나서면 동네가 들썩일 정도였다.

'눈물의 여왕'이라 불렸던 엄마는 남자가 아닌 여자 주인공을 도맡아 했다. 그래서 '프리마돈나'로 통했다. 흔히 프리마돈나 하면, 모두가 선망하는 화려한 생활을 할 것이라고 상상하겠지만, 어머니가 활동하던 시절엔 그런 호사는 꿈도 꿀 수 없었다. 5, 60년대 국극단은 보따리를 등에 지고 전국 방방곡곡에 공연을 다니는 유랑극단이었으니, 배우들의 생활은 어떠했겠는가.

어머니는 여성 국극 작가이자 연출자인 아버지와 함께 전국을 순회하며 공연을 했다. 내가 태어나기 전부터 전국 순회공연을 다니던 부모님은 내가 태어난 뒤에도 여전히 순회공연을 하고 있었다. 나와 형제자매들은 부모님을 따라 이곳저곳을 전전하며 지냈다. 무대와 극장은 우리의 집이자 놀이터였고, 배우들의 무대 의상을 가득 담아 둔 바구니는 요람이 되었다.

어릴 때라 뚜렷이 기억나긴 않지만, 몇몇 장면들이 어렴풋이 기억난다. 공연을 시작하기 전의 들뜨고 어수선한 분위기, 북적거리는 사람들 사이로 피어오르던 뽀얀 먼지, 배우들의 열정적인 연기, 관객들의 뜨거운 호응, 터질 것 같은 흥분……. 그것은 그대로 나의 일상이 되었다.

대개는 천막을 치고 공연을 했다. 그럴 때면 창고 같은 공간이 분장실로 사용되었고, 한쪽에는 무대 의상과 무대를 꾸미기 위한 무대 장치들이 뒤섞여 있었다. 분장실 한구석을 차지하고 있는 드럼통은 어떤 때는 연장들과 도구 보관함으로 사용되기도 하고, 어떤 때는 불 지핀 장작을 담아 난로로 사용하기도 했다. 때론 밥솥을 걸고 김치죽을 끓여 먹기도 했는데, 한겨울 극단 식구들이 드럼통을 가운데 두고 빙 둘러앉아 김치죽을 먹던 기억은 지금도 잊을 수 없다. 가난했지만 따뜻한 정으로 배가 불렀다.

한 마을에서 공연이 끝나면 큰 트럭을 타고 다른 마을로 이동했는

다섯 살 무렵부터 무대에 오른 나는, 어렸지만 밥을 먹다가도 누
군가 부르면 바로 무대에 올랐고, 잠을 자다가도 누군가 흔들어
깨우면 그대로 나가 공연을 했다.

데, 우리들은 옷가지와 악기 등을 실은 짐칸에 올라타고 가야 했다. 여름에는 한낮의 뙤약볕을 고스란히 받아야 했고, 겨울에는 칼바람을 맞아야 했지만, 어른들은 나를 다정하게 보살펴 주었다. 마을에 도착하면 트럭 위에서 악기를 연주하고 꽹과리를 치면서 마을 사람들에게 우리가 왔다는 것을 알렸다. 아무것도 모르는 어린 나도 신명나는 음악 소리에 공연히 흥분되곤 하였다.

걸음마를 시작했을 때부터 무대는 재미난 놀이터가 되었고, 그렇게 무대와 나는 자연스레 한몸이 되었다. 요즘과 달리 하루에 5~6회 공연을 하였기에 밥을 먹다가도 누군가 부르면 바로 무대 위에 올랐고, 자다가도 누군가 깨우면 그대로 나가 공연을 해야 했다. 미처 내가 잠깨지 않으면 나를 깨우기 위해서 차가운 아이스크림을 내 입 위에 얹기도 했다. 혓바닥 위의 그 차가운 느낌은 아직도 생생하게 남아 있다. 그리고 내 역할이 끝나면 밥그릇을 마저 비우거나 의상 바구니 틈새에 누워 다시 잠을 청하곤 했다.

무대 뒤에서 공연 순서를 기다리며 놀다가 우레와 같은 박수 소리가 들려와 깜짝 놀랄 때가 가끔 있었다. 살그머니 객석으로 내려와 무대를 올려다보면 그때마다 무대 위에는 어머니가 있었다. 무대 밖의 어머니는 늘 화장기 없는 얼굴에 수수한 복장을 하고 있었다. 그 흔한 매니큐어를 바르는 모습조차 본 적이 없다. 그러나 무대 위에 선 어머니는 눈이 부시도록 아름다웠다.

이런 환경에서 자라다 보니, 나는 연기가 가장 편하고 자연스런 일이 되었다. 배우로서의 환경을 타고난 것이었다.

나의 어머니 박옥진

어머니, 나의 영원한 프리마돈나. 만일 내게 연극배우의 끼와 재능이 있다면, 그것은 모두 어머니로부터 물려받은 것이라고 단언할 수 있다.

1934년 전라남도 진도에서 태어난 어머니는 열두 살이라는 어린 나이에 창극단에 입단하면서 예인의 삶을 시작했다. 열네 살 때 인간문화재인 김연수 선생에게 판소리를 배우고, 이매방 선생에게는 춤을 배웠다. 당대 내로라 하는 명인들로부터 직접 가르침을 받은 어머니는 그렇게 탄탄한 기본기를 쌓으며 여성 국극의 스타가 되어 큰 인기를 얻었다. 당시 이름을 날리던 「김연수 창극단」을 거쳐, 남매들과 함께 「삼성 여성 국극단」을 만들어 운영할 만큼 어머니의 실력은 탁월했다.

그러나 무대에서 그렇게 빛나던 엄마지만 여자로서는 행복하지 않았다. 아버지 김향은 이북 출신의 연출자였다. 함경도가 고향인 아버지는 이북에 본처가 있었으나 전쟁 통에 남한으로 내려왔다가 어머니를 만나 정착하게 되었다.

전쟁이 끝나고 북한으로 돌아가지 못한 많은 실향민들이 남한에서 다시 결혼해 사는 일이 흔했는데, 아버지도 그런 경우였다.

아버지는 소위 말하는 한량이었다. 끼도 많고 유머 감각도 남달랐다. 아코디언, 피아노 등 못 다루는 악기가 없었다. 게다가 언변이 뛰어나 누구라도 기분 좋게 만드는 재주가 있었다. 그러니 자연히 따르는 여자가 많았고, 여자들에게는 더할 수 없이 친절했다. 아버지는 평생 바람을 피웠는데, 그러면서도 다른 곳에서 자식을 보지는 않았다며 당당해하셨다.

아버지와 달리 어머니는 한 남자에게 지고지순한, 전형적인 한국의 어머니였다. 멋부리고 놀기 좋아하는 아버지가 가정을 제대로 돌볼 리 없었다. 아버지 때문에 엄마가 겪은 고생은 말로 다 할 수 없다. 여자 문제만이 아니었다.

아버지 김향은 우리나라 최초로 '창극 춘향전'을 영화로 제작했다. 사진은 아버지가 연출한 〈대춘향전〉의 한 장면. 이 영화에서 어머니는 춘향(왼쪽)을 맡아 열연했다.

나의 어머니 박옥진. 나의 끼와 재능은 모두 어머니로부터 물려받았다.

1957년에 아버지는 어머니와 함께 여성 국극을 공연해 번 돈을 〈대춘향전〉이라는 영화에 모두 투자했다. 아버지는 현실에 발을 붙이고 사는 사람이 아니라 꿈만 먹고 사는 사람인 듯했다. 우리나라 최초로 '창극 춘향전'을 영화로 만들었다는 기록을 남기기는 했지만, 흥행에 참패했다. 집안은 쑥대밭이 되었다.

그 뒤부터 식구들의 먹고사는 문제를 해결하는 것은 어머니의 몫이었다. 당신의 출연료와 식비, 야참비까지 아끼고 아껴 6남매의 학비를 대고 살림을 꾸려 갔다. 그런데도 어머니는 조금의 흐트러짐 없이 가족을 지켜 내셨다.

어머니를 고생시키고 가족들에게 소홀히하는 아버지가 어린 내 눈에 좋아 보일 리 없었다. 아버지를 보며 난 절대로 결혼을 하지 않겠노라고 다짐했다.

엄마를 대신해 항상 아버지와 싸우는 건 장녀인 내 몫이었다. 남편 역할, 아버지 역할보다는 그저 한 남자로서의 삶을 더 중요하게 생각하는 아버지를 보며 사는 일은 마음 아픈 일이었다. 그 옆에서 여자로서의 삶은 포기한 채 그저 아내 역할, 어머니 역할에 헌신하는 어머니를 볼 때마다 아버지에 대한 원망은 더 커질 수밖에 없었다.

그렇다고 내가 어머니에게 다정했던 것도 아니다. 집안 일 돌보랴 공연 다니랴 고단한 하루를 마치고 나면, 이따금씩 어머니는 혼자 맥주를 한 잔씩 드시곤 했다. 나는 어머니의 그런 모습을 좋아하지 않았다. 혼자 술을 마시는 모습이 너무도 처량해 보였고, 혼자 한숨 쉬는 것도 마음에 들지 않았다. 난 싫은 내색을 고스란히 보였다. 지금 생각하면 바깥에서 힘들게 공연을 하고 집에 돌아와서 딸 눈치 보느라 어머니는 마음 편히 맥주도 한 잔 드시지 못했던 것이다. 당신이 공연 때문에 어린 동생들을 돌보는 장녀에게 의지도 하셨겠지만, 한편으로는 어렵고 불편했을 거라는 생각이 든다. 그 당시에 얼마나 힘드시냐고 위로의 말 한 마디 건네지 못한 것이 한스럽다. 그때 난 너무 어렸고, 철이 없었다.

어머니는 여자로서는 불행했지만, 배우로서는 대단한 분이었다. 생활이 아무리 힘들어도, 배우로서의 본분을 잃지 않았다. 어머니는 아무리 몸이 아파도 아프다는 내색을 하지 않고 무대에 올랐고, 단 한 번의 펑크도 내지 않고 무대를 지켰던 진정한 배우였다.

또한 어머니는 시간 관념이 철저하신 분이었다. 어머니는 배우들이 자유 분방하게 지내는 탓에 시간 약속을 중요하게 여기지 않는 것을 질색하셨다. 믿을 만한 사람이 되려면 시간을 지켜야 한다는 이야기를 하도 많이 들어서인지 나 역시 시간 약속을 철저히 지키려고 노력한다.

어릴 때부터 보아 온 어머니의 철두철미한 모습은 내 뇌리에 선명히 각인되어 나는 갈비뼈가 부러지고 지독한 몸살을 앓을지라도 공연 시간이 되면 반드시 무대에 오르는 배우가 되었다. 어린 시절 어머니에게서 배운 그런 자세는 배우로서 살아가는 데 큰 자양분이 된 것이다.

어머니는 한평생이 참 외로운 분이었다. 외할머니는 어머니를 낳다가 세상을 뜨셨다고 한다. 그 후 새엄마 밑에서 자라다 열여섯 살 때 13세 연상인 아버지를 만나 결혼을 하고, 그해에 나를 낳았다. 부모의

어머니는 이모 박보아와 외삼촌 박병기와 함께 「삼성여성국극단」을 창단해
여성 국극의 붐을 일으키기도 했다. 사진은 〈원술랑〉의 신문 광고(상단).

어머니와 함께 공연했던 여성 국극단 단원들.

사랑을 제대로 받지 못한 엄마는 남편의 사랑도 마음껏 받지 못했다. 그래서인지 엄마의 목소리에는 슬픔이 깔려 있는 듯하였다. 엄마가 공연했던 심청을 아직까지도 잊지 못하는 어르신도 계신다.

어머니가 자주 부르셨던 노래가 있었다. 전국 공연을 다니다 보면 흥행이 되지 않아 여관비를 제대로 낼 수 없을 때가 종종 있었는데, 그럴 때는 돈이 마련될 때까지 극단에서 제일 어린 아이를 볼모로 맡겨 두곤 했다. 어린 어머니가 어느 마을 여관에서 볼모로 잡혀 살았던 적이 있었다. 여관 주인은 극단에서 돈을 가져올 때까지 볼모였던 어머니에게 설거지도 시키고 마루 닦는 일도 시켰다. 그러던 어느 날, 공연을 왔던 다른 극단의 가수가 툇마루에 앉아 부르는 〈목포는 항구다〉라는 노래를 듣게 되었다. 어머니는 그 노래가 어린 어머니 가슴에 그렇게 사무쳤다고 한다. 그리고 그 노래는 어머니의 평생 애창곡이 되었다. 어머니가 남편도 없는 빈 방에 홀로 앉아 그 노래를 흥얼거리는 모습을 본 적이 있는데, 그 서글픈 정경은 지금껏 잊혀지지 않는다. 아직도 우리 6남매는 어머니를 생각하며 그 노래를 부르곤 한다.

우리는 부모로부터 많은 것을 물려받는다. 성정, 인품, 생김새, 재능 등등. 자식은 부모가 물려준 것을 평생 지니고 산다. 그리고 또 아들과 딸에게 그것을 물려주면서 자신과 부모의 흔적을 함께 남기게 된다.

그렇지만 나만큼 부모에게 많은 것을 물려받은 자식도 흔하지 않은 듯하다. 평생 바람둥이였던 아버지는 내게 연극적인 감성을 물려주셨다. 당장 먹을 쌀이 없어도 연극하는 것을 즐길 수 있었던 것은 아버

위) 여성 국극으로 높은 인기를 누리던 조양금 씨와 어머니(왼쪽)가 함께 공
연하고 있다.
아래) 임춘앵 씨와 공연하고 있는 어머니(왼쪽). 어머니는 여자 주인공으로
이름을 날렸다.

젊은 시절의 어머니.

어머니와 함께 여성 국극단을 운영했던 이모 박보아. 이모 역시 국
극 배우로 활약했다.

지 덕분이다.

한번은 KBS 〈김성녀의 빅쇼〉라는 프로그램에 부모님과 함께 출연한 일이 있다. 아버지는 그 자리에서 당신의 딸이 얼마나 대단하고 훌륭한지 자랑하느라 여념이 없었다. 정말로 딸을 자랑스러워하는 아버지의 모습이었다. 그런데 순간 그 모습이 거슬렸다. 나도 모르게 아버지를 향한 볼멘소리가 나왔다.

"저 이렇게 되는 데까지 아버지가 해주신 거 하나도 없어요. 다 엄마 덕분이에요."

그때는 잠시 속이 시원한 듯했지만 머쓱해하던 아버지의 표정이 두고두고 잊히지 않는다. 부모와 자식이란 게 무슨 인연인 것인지. 평생 감사보다는 원망이 앞섰던 아버지가 지난 1999년에 돌아가시고 나니 좀더 잘해 드릴걸, 하는 회한으로 가슴이 참 아팠다.

뛰어난 예인이었던 어머니는 내게 목소리를 물려주셨다. 몇십 년 동안 노래해도 지치지 않는 내 목소리는 어머니 덕분이다. 무대를 대하는 성실한 자세 역시 어머니에게 배운 것이다. 두 분은 내게 재산을 물려주시지도, 행복하고 부유한 어린 시절의 기억을 주시지도 않았지만, 무엇으로도 살 수 없는 재능을 유산으로 남겨 주셨다.

언젠가 어머니가 살아 계실 때 아들 지형이가 내게 이런 말을 한 적이 있다.

"엄마, 할머니가 무슨 말을 하면 끝까지 가만히 들어드리고 '엄마, 얼마나 힘들어, 정말 힘들지.'라고 위로 좀 해드려. 다그치지 말고."

그때만 해도 그게 무슨 의미인지 미처 생각지 못했다. 힘든 일이 있

외손자 지형이와 바닷가에서 즐거워하시는 아버지 김향.

으면 견디고 이겨 내야지, 힘들다고 푸념하면 뭐가 해결이 되나, 하는 것이 내 생각이었다. 그런데 어머니가 돌아가신 뒤에 생각해 보니 나는 평생 어머니에게 언제나 견디고 이겨 낼 것만 주문하고 살았던 거 같다. 한 번도 따뜻하게 어머니의 말에 공감해 주고 위로해 주는 말 한 마디 건네지 못한 딸이었던 것이다.

이제 내 어머니는 곁에 없고, 나는 두 아이의 어머니가 되어 있다. 2004년, 어머니가 세상을 떠나고 나서 나는 많은 후회를 했다. 배우로 바쁘게 살다 보니 늙어 가는 어머니와 충분한 시간을 보내지 못했다. 자식들이 유명해지고, 돈만 벌어 온다고 행복하셨을까? 투병을 하며

혼자 집을 지키고 계시던 어머니는 얼마나 외로우셨을까? 젊었을 때
는 그런 생각을 미처 하지 못했다. 그런데 나도 나이가 들고, 누군가의
부모가 되고 보니 그때 어머니가 얼마나 막막하고 힘들었을지 가슴
저리게 와 닿는다.

"영산강 안개 속에 기적이 울고 삼학도 등대 아래 흰 돛대 하
나……."

콧소리를 섞어 구슬프면서도 멋들어지게 〈목포는 항구다〉를 부르던
엄마가 그립다. 그 노래를 다시 듣고 싶다.

집안의 가장이 되다

배우로서 철두철미한 삶을 살았던 어머니지만, 당신의 건강은 제대로 챙기지 못하셨다. 채 40킬로그램도 안 되는 가녀린 몸에 늑막염과 폐렴을 앓고 있던 어머니는 그 몸으로 무대에 올랐다가 1968년, 34세의 젊은 나이에 공연 중인 무대에서 쓰러지고 만 것이다. 실질적인 가장이었던 어머니가 쓰러지고 나자, 우리 집은 속수무책으로 무너지기 시작했다.

당시 고등학생이었던 나는 엄마를 대신해 생계를 책임져야 했다. 그 전까지 고등학교를 졸업하면 대학생이 되어 있을 거라는 생각을 의심해 본 적이 없었다. 대학생이 되면 뭘 해야겠다고는 딱히 생각하지 않았지만, 중학교를 졸업하면 으레 고등학교에 가는 것처럼 고등학교를 졸업하면 당연히 대학에 가는 것으로 생각했다. 성적도 나쁘지 않았으니 못 갈 이유가 없었다.

그런데 인생은 예상과는 다른 방향으로 흘러갔다. 막상 고등학교를 졸업했지만 대학 진학은 꿈도 꾸지 못했다. 새로 이사한 삼양동 산꼭대기 집에서 줄줄이 딸린 동생들과 복닥대며 살아야 하는 내게 대학 진학은 사치스런 일같이 여겨졌다.

고등학교를 졸업한 뒤 난 아무것도 할 수가 없었다. 세상은 찬란한 봄날인데, 나는 어두운 겨울 숲을 서성이는 느낌이었다.

대학에 가지 못한 우울함을 방 안에만 틀어박혀 달랠 수 있었다면 그나마 나을 것 같았다. 하지만 나는 졸지에 소녀가장이 되어야 했다. 무엇을 해야 할지 몰라 지루하고 우울한 날을 보내고 있었다. 하루는 외출을 했다가 돌아오는 길에 동네 아주머니들이 삼삼오오 모여 뜨개질을 하고 있는 광경을 보게 되었다. 알고 보니 일당을 받고 외국으로 수출할 아이들 옷을 뜨고 있는 것이었다. 그들은 뜨개질로 시간도 보내고 돈도 벌 수 있으니, 이보다 좋은 일이 없다고 했다.

나는 어느샌가 그들 틈에 끼어 기계적으로 뜨개질에 몰두하고 있었다. 시간은 쏜살같이 흘러갔다. 동네 아주머니들은 내게 눈썰미가 있어 솜씨가 좋다며 일거리를 많이 갖다 주었다. 나는 더욱더 뜨개질에 몰입했다. 고뇌하고 갈등하고 괴로워할 틈도 없이 시간은 흘렀다. 그것은 어쩌면 현실의 괴로움을 잊기 위한 방편이었는지도 모른다. 어찌되었든 난 뜨개질 속에 빠져 이십대 초반의 빛나는 청춘 시절 2년을 보내고 있었다. 내가 무엇을 하고 싶은지도 모르는 채. 하지만 난 무엇이라도 해야 했다.

그러던 어느 날, 동생 성애가 뜬금없는 제안을 해왔다. '가수'를 하자는 것이었다. 나는 어안이 벙벙해져 동생을 물끄러미 바라보았다. 동생은 눈빛을 반짝이며 말했다.

"엄마가 가르쳐 준 민요를 골라 노래를 부르면 괜찮지 않을까? 그럼

가녀린 몸으로 우리 여섯 남매를 돌보던 어머니가 무대 위에서 쓰러지시고, 맏이인 나는 열아홉 살에 집안의 가장 노릇을 해야 했다. 여섯 남매 사진.

동생 김성애와 난 '비둘기 시스터즈'를 결성하고 가수의 길로 나섰다. 사진은 팬이 소장하고 있던 오아시스 레코드 사에서 취입한 레코드 자켓.

아무리 못해도 하루 종일 뜨개질을 해서 버는 것보다는 낫겠지."

그 말에 귀가 솔깃해졌다. 그럴 것도 같았다.

동생과 나는 '비둘기 시스터즈'를 결성하고 가수의 길로 나섰다. 다행히도 우리는 어렵지 않게 오아시스 레코드사에서 음반을 낼 수 있었다. 타이틀곡은 〈까투리 사냥〉이었는데, 김세레나, 나훈아 등이 부른 〈까투리 타령〉이 바로 그 노래다. 제법 인기도 끌었고, 찾아 주는 곳도 많았다.

어렵지 않게 가수가 되었지만, 가수 생활은 만만치 않았다. 지금이야 그렇지 않지만 그때만 해도 가수는 대접받는 직업이 아니었다. 방송국에 가면 아는 사람이건 모르는 사람이건 무조건 우리를 하대했다. 그런 사람들에게 싫은 내색 않고 방긋 웃으며 인사를 해야 하는게 난 정말 내키지 않았다. 그래서 방송국에 가면 무대에 서기 전까지 화장실에 숨어 있곤 했다. 동생만 혼자 열심히 인사하고 다니고 나는 무대에 올라가기 직전에야 화장실에서 나왔다.

그렇다고 노상 화장실에만 있을 수만도 없어 어떤 때는 어쩔 수 없이 분장실에서 다른 가수들과 함께 순서를 기다려야 하는 경우가 있었다. 그 시간은 고역 아닌 고역이었다. 함께 어울려 떠들고 웃으며 이야기를 나누는 그 틈바구니에 있는 것이 힘들었다. 아무튼 난 동생과 함께 가수 생활을 하며 지루하고 무미건조한 시간을 보냈다. 단지 먹고 살기 위해서 무대 위에서 웃고 노래하는 것은 결코 행복하지 않았다. 결국 가수 생활을 접기로 마음먹었다.

어머니와 동생 김성애(오른쪽)와 함께.

"우리 성녀, 공부시켰으면 크게 됐을 텐데……."

대학 진학을 포기하고 어린 나이에 사회생활을 시작한 나를 보며 어머니는 무척 안타까워 하셨다. 하지만 난 어머니에게 미안함과 안쓰러운 마음이 더 컸다.

약속을 하늘같이 알고, 정직하며, 남에게 조그만 폐도 끼치기 싫어하셨던 어머니. 6남매를 키우느라 온갖 고생을 마다하지 않고 꿋꿋이 살아왔던 어머니. 아마 우리가 없었다면, 어머니는 무대 위에서 자신의 꿈을 더욱 크게 펼칠 수 있으셨을 것이다.

한창 무대에 오를 나이에 쓰러져 더 이상 무대에 오를 수도 없게 되었을 때 어머니의 심정은 어땠을까. 부모의 사랑도, 남편의 사랑도 흡족할 만큼 받아 보지 못한 어머니에게 무대는 어쩌면 삶을 지탱해 주는 유일한 것이었을지도 모른다.

하지만 그때 어머니는 무대에 더 이상 오르지 못하고, 남들의 공연 모습을 바라만 보고 살아야 했다. 더군다나 딸자식마저 자신의 외로움을 달래주기는커녕 방 안에만 틀어박혀 지내고 있었으니, 어머니의 마음은 오죽하였을까. 그 외로움과 쓸쓸함을 남편도 자식 누구도 헤아리고 보살펴 줄 줄을 몰랐으니 어머니의 마음은 아마 상상할 수 없을 만큼 시렸을 것이다.

그저 당신에게 재능을 물려받은 딸이 무대에서 저 하고 싶은 대로, 하고 싶은 만큼 꽃을 피우고 사는 모습이 조금은 위로가 되었을까.

국악계에 입문하다

동생과 결성한 '비둘기 시스터즈'는 결국 2년 만에 해체되었다. 나는 다가올 앞날의 인생에 대해 심각하게 고민했다. 다시 예전처럼 방 안에 틀어박혀 황금 같은 청춘 시절을 보낼 수는 없었다. 난 깊은 고민에 빠졌다. 무엇을 해야 할까.

그러던 어느 날이었다. 문득 대청마루에 앉아 달을 쳐다보고 있었는데, 어디선가 가야금 소리가 들려오는 듯했다. 어두운 하늘을 밝히는 달과 가야금 소리는 멋지게 어울렸다. 그 순간 가야금을 치면서 노래를 불러야겠다는 생각이 들었다.

그런 생각을 어머니께 말씀드렸더니, 어머니는 박귀희 선생님에게 나를 데리고 갔다.

가야금 병창의 인간문화재 박귀희 선생님은 그야말로 우리나라 국악계의 큰 별이었다. 당시 선생님은 창덕궁 앞에 큰 한옥으로 된 여관을 소유하고 있었는데, 싯가가 엄청나게 비쌌다. 선생님은 그것을 처분해 국악예술고등학교를 설립했다. 제대로 된 교육 기관 하나 없는 척박한 우리 국악계를 위해 헌사한 것이다. 선생님은 김소희 명창과 더

불어 우리 국악계를 확장시키고 발전시킨 장본인이었다.

박귀희 선생님은 우리 어머니와는 매우 각별한 사이였다. 함께 여성 국극단에서 활동하던 동료로, 주로 어머니의 상대역을 맡았다. 박 선생님이 왕자역이면, 어머니는 공주역이었다. 박귀희 선생님은 여성 국극단이 생기기 이전부터 창극단 활동을 하며 전국 순회공연을 다녔다. 그런데 창극단이 남녀 단원으로 이루어진 탓에 종종 스캔들이 생기자 예술단으로서의 품위가 손상된다는 이유로 해체되고 말았다. 그로 인해 박귀희 선생님은 남녀간의 애정 문제가 벌어질 염려 없는 여성 국극단에서 어머니와 함께 활약하게 되었던 것이다.

선생님은 첫 만남에서 이런 말씀을 하셨다.

"박옥진 딸이라고? 그러면 넌 남들이 10년 할 때 3년만 하면 되겠다. 예술가는 얼굴 몫이 중요한데, 너는 얼굴이 좋다."

그러면서 선생님은 곧바로 나를 전수자로 받아들여 주셨다. 당시 선생님 문하에는 안숙선 외 여러 선배들이 있었다. 나는 선생님 문하의 1호 이수자인 안숙선에 이어 2호 이수자가 되었다. 나보다 먼저 와서 전수를 받고 있던 선배들이 있었는데, 선생님은 나를 먼저 이수자로 발탁해 주신 것이었다. 그 바람에 졸지에 굴러온 돌이 박힌 돌을 빼낸 듯한 상황이 되어 나는 몸 둘 바를 몰랐다. 하지만 엄격한 도제식 교육 방식이어서 아무 말도 못하고 선생님의 뜻에 따를 수밖에 없었다.

그렇게 난 박귀희 선생님 밑에서 가야금과 소리를 배우기 시작했다. 나는 가야금을 배우고 창을 배우는 재미에 푹 빠져 지냈다. 비록 가난했지만 삶의 의미가 깨달아졌다. 아침에 눈을 뜨는 것이 즐거운 나날이었다.

　나는 국악에 제법 재능을 보였다. 선생님이 가르쳐 주면 가르쳐 주
는 대로 금방 익히고 흉내를 잘 냈다. 그런데 다른 사람들에게 비해
한 가지 부족한 점이 있었다. 바로 공력功力이었다. 국악은 흉내만 내
면 되는 장르가 아니다. 공력이 필요하다. 뼈에 살이 붙듯, 소리가 몸
에서 익어 나와야 한다. 안숙선을 비롯해 다른 사람들은 어릴 때부터
해온 터라 바로 그 공력이 있었다. 그들의 소리는 뱃속 아래서부터 오
랫동안 단련된 소리 근육의 힘에 의해 나오는 것이기에 소리에 '알'이
차 있었다. 하지만 나의 소리는 알이 '찬' 소리가 아니라 가벼운 소리
였다. 사실 대중들이 듣기에는 '찬' 소리보다 나와 같은 가벼운 소리가
더 좋을지도 모른다. 그러나 진짜 소리를 아는 사람들은 나의 소리를
인정하지 않는다.

　박귀희 선생님 문하에서 공부를 하면 할수록 나는 자격지심이 들었
다. 오랫동안 몸으로 익혀온 그들과는 문화적인 정서도 달랐다. 나는
차차 갈등을 겪을 수밖에 없었다.

　경쟁에 대한 조급함 때문에 괴로운 적도 많았다. 선생님 문하생들이
발표회를 할 때, 선생님이 나의 실력에 맞춰 공연 시간을 4분 할당하
고, 다른 이수자에게 7분을 할당하면, 그 3분 때문에 자존심이 상했다.

　그러던 차에 김소희 선생님에게 판소리를 배운 김동애 씨가 나에게
새로운 제안을 했다. 당시 그는 극단 「민예」의 배우들에게 판소리 수
업을 해주러 다녔는데, 극단 「민예」에서 배우를 찾는다는 말을 전해
준 것이다.

동생 김성애와 '비둘기 시스터즈' 활동을 그만두고 나는 가야금 병창 인간문화재인 박귀희 선생님을 찾아가 병창을 배웠다. 박귀희 선생님과 함께.

박귀희 선생님 문하에서 병창을 배우던 시절 국악인들과 함께. 왼쪽부터 안숙선 씨, 박귀희 선생님, 나, 조상현 선생님, 남해성 선생님.

가야금 병창을 배울 때는 아침에 눈을 뜨는 것이 행복한 나날이었다.

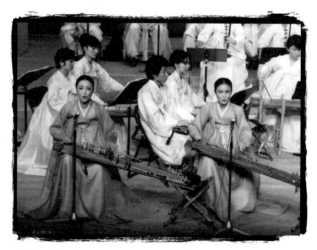

나와 안숙선 씨가 함께 가야금 병창 공연을 하고 있는 모습.

나는 마음이 흔들렸다. 국악쪽에서는 다른 사람들에 비해 입문이 늦어 소리가 얇고 공력이 없으니 크게 될 수는 없을 것 같았다. 반면 다섯 살 때 무대에 올라본 경험이 있어 극단 무대는 내겐 낯설지 않았다.

박귀희 선생님께 그 말씀을 드리자 극구 반대하고 나섰다.

"연극은 젊을 때 잠깐 하는 것이다. 반면 국악은 나이 들수록 대접받을 수 있다. 왜 그 고생길을 가려고 하느냐?"

선생님은 애정 어린 충고를 해주셨지만, 결국 나는 극단 「민예」의 문을 두드렸다.

첫 작품 〈한네의 승천〉

박귀희 선생님 문하에서 가야금 병창을 배우며 한창 소리에 빠져 지내던 나는 새로운 세계로의 발을 내디뎠다. 김동애 씨와 아현동 고갯길을 오를 때 나는 그 발걸음이 내 인생의 새로운 문을 열어 주게 되리라는 것을 알지 못했다.

극단 「민예」는 아현동 고갯마루 턱 허름한 건물 4층에 사무실이 있었다. 문을 열고 들어서자 대표는(허규 선생님, 전 국립극장장) 소주 한 병을 옆에 놓고 탈을 깎고 있었고, 그 옆에는 머리숱이 많고 까만 눈동자를 가진 해맑은 청년(손진책)이 앉아 있었다.

그는 자신을 연출자라고 소개를 하면서 이 작품이 입문작이라고 했다. 그러면서 오디션을 볼 것도 없이 그냥 배역을 맡으라면서 대본을 내게 덜컥 건넸다. 그들이 준비한다는 작품은 〈한네의 승천〉. 그 작품에서 내가 맡아야 하는 역할은 1인 3역을 해야 하는 주인공 한네 역이었다.

도대체 뭘 보고 내게 주인공역을 쉽게 맡기는 걸까. 혹시 사이비 극단은 아닐까. 그런 의구심이 들었다.

나는 극단 「민예」에 대해 여기저기 다니며 알아보았다. 그랬더니 주변의 믿을 만한 어른들은 하나같이 오히려 좋은 기회이니 잘해 보라고 했다. 우리나라에서 다섯 손가락에 안에 드는 극단일 뿐더러 대표며 연출자 모두 실력 있는 사람이라고 입에 침이 마르게 칭찬들을 했다. 그 소리를 듣자 더 얼떨떨해졌다. 대체 뭘 보고 오디션도 보지 않고 나를 주인공으로 쓴다는 걸까. 나는 그 이유가 궁금해 묻지 않을 수 없었다.

"보면 알지. 부모님을 보면 더더욱 그렇고."

내게 돌아온 답은 매우 간단했다. 그 부모님 밑에서 태어나고 자란 사람이니 더 볼 것도 없지 않느냐는 것이었다.

그 말을 듣고 나는 불쑥 용기가 생겼다. 내 몸 속에 흐르고 있던 연극인으로서의 피가 뜨거워지는 느낌이었다.

"그래, 한 번 해보자."

가수로 무대에 섰던 것과는 달랐다. 다섯 살 무렵, 엄마의 아역으로 무대에 섰던 것과도 달랐다. 이제는 김성녀라는 내 이름만으로 무대에 서야 한다는 벅찬 흥분이 나를 들뜨게 했다.

극단 「민예」로 출퇴근하다시피 하면서 나는 새로운 세상을 보았다. 모든 게 돈으로 연결되고 움직이는 줄 알았는데, 극단 사람들은 달라도 많이 달랐다. 그들에게 돈은 그다지 중요한것 같지 않았다. 그들은 돈이 아닌 꿈을 좇아 사는 것이 가능하다는 것을 몸소 보여 주었다. 냉정한 현실감각으로는 이 짓을 못한다며, 스스로를 '정신적 장애인'이라고까지 말하면서 이들은 어딘가 모르게 남다른 자부심을 가진 듯

연극인으로서 첫발을 내디딘 작품 〈한네의 승천〉 공연
프로그램 사진.

했다.

　며칠을 라면만 먹고 살아도 꿈과 열정만으로 그들의 눈빛은 형형하
게 빛이 났다. 나는 그런 그들이 참 좋았다. 열정과 꿈을 좇으며 사는
사람들이 있다는 사실이 나를 묘하게 흥분시켰다. 새로운 세상을 발
견한 기분이랄까. 그런 그들과 같은 목표를 가지고 구슬땀을 흘리는
나날이 이어졌다. 연습은 치열했고, 무대에 서기 전부터 그 열기로 이
미 나의 무대 인생은 달궈졌다.

　그렇게 밤낮없이 한 달을 연습하고, 마침내 〈한네의 승천〉의 막이
올랐다. 1976년의 일이다. 〈한네의 승천〉은 오영진 선생의 유작으로,

이루지 못할 사랑의 슬픔을 몽환적인 삶의 이야기로 풀어 내고 한국 전통 제례와 전통 연희 양식을 녹여 낸 음악극이었다.

열흘 동안 공연이 이어졌고, 성공적인 공연을 마친 뒤 나는 그야말로 하루 아침에 유명 인사가 되어 있었다.

신문에는 〈한네의 승천〉 작품 소개와 함께 내 얼굴이 대문짝만 하게 실렸다. 새로운 별이 나타났다는 극찬도 함께 쏟아졌다. 한 달 내내 연습하고 열흘 넘게 공연을 해서 내 손에 쥐어진 건 그때 돈으로 2만 원. 그래도 나는 마냥 행복했다.

무대에 서는 즐거움이 무엇인지 어렴풋이 알 것도 같았다. 다섯 살 어린 내게 잘한다 잘한다 칭찬해 줬던 그 박수소리가 스무 살을 훌쩍 넘긴 나에게 다시 쏟아져 들어오는 순간, 나는 이 무대 위에서 평생을 살고 싶다는 꿈을 꾸기 시작했다.

〈한네의 승천〉에서 배우 유인촌 씨와 함께 공연했다.

배우로서의 길을 열어 준 사람, 손진책

　〈한네의 승천〉은 그야말로 대성공이었다. 내 이름이 신문에 크게 난 것도 그렇지만, 무엇보다 오디션도 보지 않고 나를 뽑아 준 극단과 연출자의 기대를 충족시켰다는 사실이 기뻤다.

　돌이켜보면, 당시 극단 「민예」의 대표였던 허규 선생과 젊은 연출가인 손진책은 어린 시절부터 어머니의 국극 무대 위에 서며 체득한 내 감각을 꿰뚫어 본 듯하다. 어머니 뱃속에서부터 무대에 섰으니, 무대는 내 고향이나 마찬가지다. 비록 20대 후반에 정식으로 데뷔했지만, 사실 훨씬 오래전부터 나는 무대 경험을 쌓아 온 셈이다. 그런 나의 바탕과 기질을 믿었기에 그들은 제대로 연기를 해본 적도 없는 내게 그렇게 큰 배역을 맡긴 듯했다.

　결과적으로 그들의 예상은 적중했고, 나는 데뷔 무대를 성공적으로 잘 치렀다. 〈한네의 승천〉이 끝나고 나서 연출가인 손진책은 내게 좀 특별한 관심을 보였다. 〈한네의 승천〉을 연출했던 그는 무대 위에서 내가 좀더 큰 배우가 되기를 바랐다. 부모에게 물려받은 재능에 더해 좀더 갈고 닦아 나만의 독보적인 역할을 해내기를 바랐다. 그가 꿈꾼 나의 모습은 연기만이 아닌 춤과 노래도 잘하는, 그래서 궁극적으로 우리나라의 전통적인 정서까지 담아 낼 수 있는 그런 배우였다. 그는 우리 연극계에 한국적인 연기를 제대로 해내는 배우가 되어야 한다고 반복해서 이야기했다.

그 이야기를 들을 때마다 나는 각오를 새롭게 다졌고, 반드시 그런 배우가 되고야 말겠다고 다짐했다. 그렇게 그는 나를 긴장시켰고, 나는 그를 통해 나의 의식과 세계를 확장시켜 갈 수 있었다. 그러니 그가 데리고 가는 곳이면 언제든 어디든 나는 두말없이 따라 나섰다. 제대로 된 배우 수업을 받은 적이 없는 나는 그의 한 마디 한 마디가 너무나 소중했다. 어쩌면 그 역시 자신의 말을 귀담아듣고 각오를 다지는 나를 대견하게 여겼는지도 모른다.

그는 큰 배우가 되려면 많은 공부와 경험을 쌓아야 한다며 여러 곳을 데리고 다녔다. 배우로서의 나의 재능을 높이 산 연출자와, 그 연출자의 조언을 믿고 따르는 배우가 어디든 같이 다니는 건 어색한 일이 아니었다. 수많은 전시회와 공연장을 함께 다녔고, 그곳에서 또 많은 사람을 만나기도 했다. 이름이 널리 알려진 유명 인사들을 만날 때마다 '앞으로 지켜봐 달라'며 나를 소개하기도 했다. 그는 물론이고, 그의 주변 사람들과 어울리는 시간은 매우 즐거웠다. 그들은 주머니에 동전 한 닢 없어도 연극에 대한 열정 하나만으로도 행복한 사람들이었다.

그와 만나는 곳은 언제나 소박한 곳이었다. 근사한 레스토랑이나 분위기 좋은 카페는 우리와는 다른 세상 이야기였다. 좁디좁은 소줏

극단 「민예」 시절 손진책 씨와 나.

집에 붙어 앉아 제대로 된 안주 하나 없이 소줏잔을 기울이면서도 우리가 나누는 이야기는 늘 흥분되고 설레었다. 우리가 함께 만들 무대, 우리가 함께 이룰 꿈이 나를 황홀하게 했다. 언젠가부터 그의 옆에 내가 있는 것이 자연스러운 풍경이 되었다.

　연출가와 배우로서 좋은 관계를 유지하던 우리의 관계가 어느 때부턴가 조금씩 달라지기 시작했다. 연출자와 배우가 아닌, 남자와 여자로서 만나기 시작한 것이다. 그게 언제부터였는지는 잘 모르겠다. 우리는 보통의 남녀 사이에 오가는 달콤하고 애틋한 대화를 나눈 적이 거의 없다. 그에게 나는 연정을 품은 여인이라기보다 자신의 작품을 잘 소화할 배우, 또는 앞으로 그렇게 만들고 싶은 배우였다. 그렇지만 남녀 사이라는 것이 어디 그렇게 경계가 잘 지켜지는 것이겠는가. 비록 말은 없어도, 표현은 하지 않아도 그가 나에게 각별한 관심이 있다는 것은 저절로 알 수 있었다.

그는 당시 여배우들 사이에 인기가 꽤 많은 연출자였다. 그가 여배우들에게 먼저 전화를 하거나 따로 만나는 일은 거의 없었다. 그런데 내게는 시도 때도 없이 불쑥불쑥 전화를 하였다. 전화를 해 놓고서는 아무런 말이 없었다. 어디로 가면 되느냐고 먼저 묻는 건 늘 내 몫이었다. 그러면 그는 마지못해 대답하는 것처럼 어디로 나오라고 답을 하곤 했다. 그와 만나는 게 데이트인지, 배우 수업인지 헷갈릴 정도였다. 그는 나에게 잘해 주려고 딱히 애쓰지도 않았고 나를 향해 따뜻한 미소를 지어 보인 적도 거의 없었다. 헤어질 때 집까지 데려다 준다거나 무거운 짐을 들어 준다거나 하는 매너라고는 찾아볼 수 없었다.

하지만 나를 향한 그의 마음은 엉뚱한 곳에서 표가 났다. 연극을 준비하노라면 동료들과 수도 없이 함께 밥을 먹고 술을 마신다. 나는 원래 잘 웃는 사람이고 사람들과 이야기하는 걸 좋아하는 터라 그 자리가 늘 즐거웠다. 그런데, 한참 웃고 떠들고 있을 때면 어디선가 잘게 부서진 성냥개비가 날아들기 시작했다. 저쪽 자리에 앉은 그가 나를 향해 성냥개비를 잘라서 던지고 있는 것이다. 너무 웃고 떠들지 말라는 사인이었는데, 이상하게도 나는 그게 불쾌하지 않았다. 술자리에서 그가 나를 주시하고 있다는 게 그가 자신의 마음을 내비치고 있는 것 같아 오히려 기분이 좋았다.

늘 길다란 군용 코트 차림에 무뚝뚝하기만 한 그의 마음이 나를 향하고 있다는 사실은 내 마음을 두근거리게 하기에 충분했다. 그리고 언젠가부터 그가 내 옆에 있는 게 자연스러운 풍경이 되었다. 우리는 배우와 연출자로, 같은 꿈을 향해 걷다가 우리도 모르는 사이에 어깨를 나란히 하고 걷기 시작했고, 또 자연스럽게 손을 잡고 마음을 나누었다. 그리고 우리는 배우와 연출자이자 남자와 여자로서 같은 꿈을 가슴에 품고 지내기 시작했다. 꿈만 꾸는 청년이던 그가 주머니가 넉넉했을 리 없었다. 나 역시 부자가 아니었다. 그러니 우리는 늘 가난했다. 그래도 그는 궁색하지 않았고 이런 가난함에 대해 그리 불편해하지 않았다. 차비도 없어 쩔쩔매면서도 연출비를 조금 받았다고 비발디의 〈사계〉 앨범을 내게 선물했을 때는 그가 더욱 매력적으로 보였다.

우리는 그야말로 죽이 잘 맞는데, 서로 결혼에 대한 생각이 없는 독신주의자라는 사실도 같았다. 그는 연극을 하면서 부모님을 힘들게 하는 것으로도 모자라 한 여자를 데려다 고생시킬 수는 없다며 혼자 살겠다고 선언을 하였다.

그는 은행원인 아버지 밑에서 자랐는데, 위에 누이들이 있었다. 그 시대만 해도 딸들은 글자 정도만 깨쳐서 시집을 보내는 것이 보통이었다. 그렇기에 경상도 시골 마을에서 딸들을 대학에 보내는 일은 정말 드문 일이었다. 하지만 그의 어머니는 남다른 교육열로 딸들을 모두 대학에 보냈다. 그 때문에 집안은 물론이고 동네에서도 말들이 많았다고 한다. 그런 부모님 밑에서 누이들은 모두들 기대에 부응해 공부를 잘했고, 어머니의 바람대로 순조롭게 대학을 마쳤다.

그는 유일하게 모난 자식이었다. 공부는 잘했지만, 어렸을 때부터 읍

내에서 서커스를 구경하며 연극이니 악극이니, 국극 등에 심취했다. 어릴 때야 호기심에 그러려니 했다. 그런데 대학에 들어갈 무렵 느닷없이 예술을 하겠다고 선언하고 나서자 부모님은 크게 상심했다. 반에서 1, 2등을 다툴 정도로 공부를 잘하는 아들이 갑자기 예술가의 길을 걷겠다고 하니 기가 막힐 노릇이었다. 지금도 예술가로서의 길을 걷겠다면 적극적으로 환영하는 부모는 드물다. 예술가의 길이 그만큼 힘들고 어렵기 때문이다. 더군다나 당시는 예술가에 대한 사회적 인식이 매우 낮았던 때다. 연극이나 영화, 음악을 하는 사람들을 '딴따라'라고 하대를 하기도 했다. 그러니 부모님의 걱정은 클 수밖에 없었다.

하지만 부모님도 아들의 뜻을 꺾을 수는 없었다. 그는 주위의 반대를 무릅쓰고 기어코 연극영화과에 들어갔고, 학교를 마친 뒤에는 본격적으로 연극인의 길을 걸었다. 그는 그런 자신 때문에 부모와 가족이 얼마나 마음고생을 했는지 알고 있다면서 자신이 선택한 길 때문에 누군가 또다시 고통을 받게 하고 싶지 않다고 했다. 그것이 그가 독신을 선언한 이유였다.

나 역시 결혼에 관심이 없었다. 어머니는 배우로서는 행복했을지 몰라도 여자로서 행복한 삶을 살았다고 할 수 없었다. 나는 그런 어머니의 전철을 밟고 싶지 않았다.

군이 결혼하지 않고도 우리는 배우와 연출가로서 서로의 발전을 위해 도움을 주고받으며 같은 꿈을 꾸면서 멋지게 살아갈 수 있을 거라 생각했다.

그러나 인생이란 뜻하지 않은 순간에 뜻밖의 선물을 우리에게 건넨다.

극작가 차범석 선생님(가운데)의 주례로 나와 손진책 씨는 결혼식을 올렸다.

우리 사이에 새로운 생명이 선물처럼 주어진 것이다. 독신을 주장하던 우리의 삶은 또 한 번 예기치 않은 방향으로 흘러갔다. 아이가 생겼으니 어떻게든 책임을 져야 했다. 결혼은 관심이 없었지만 애가 생기니 낳고 싶었다. 그 역시 책임을 져야 한다고 나섰다. 1976년, 내 나이 스물여덟에 그를 만나 1977년 첫 아이가 태어났다. 그 아이가 우리를 부부로 만들어 준 셈이다. 생각해 보면 배우와 연출자로 시작해 우리는 우리도 모르는 사이에 연인 사이가 되었고, 사랑의 강을 건너 한 아이의 부모가 되었다. 인생은 그렇게 또 다른 삶의 길을 내 앞에 펼쳐 놓았다. 그리고 그 길을 걷는 내내 내 옆에는 늘 그가 있었다. 나의 남편 손진책, 바로 그 사람이.

가난한 나날들

첫 무대였던 〈한네의 승천〉이 언론에 대서특필되면서 나는 세상에 두려울 것이 없었다. 어딜 가나 사람들 시선의 중심에 있었고, 연기를 잘한다는 소리를 들었다. 행여 나에게 칭찬을 아끼는 사람들을 만나면 나를 몰라보는 것 같아 오히려 이상하게 여겨질 정도였다. 어떤 배역이 들어오든 무서울 것이 없었고, 내가 못할 역할이란 아무것도 없는 것 같았다.

그런데 아이가 생긴 덕분에 독신주의를 고집하던 내가 뜻하지 않게 결혼 생활을 하게 되었다. 결혼은 참 많은 걸 바꿔 놓았다. 연극인 생활이란 가난을 동무삼아야 한다는 건 각오했지만, 아이까지 생기니 그것을 견디기란 여간 힘들지 않았다.

신혼 초기 가난한 살림을 벗어나고자 남편은 국군방송 PD로 취직했다. 집안의 가장이 되었으니 생계는 책임져야 한다는 생각이 들었던 모양이다. 하지만 남편은 오래 버티지 못하고 1년 만에 연극 무대로 돌아왔다. 남편은 순수하고 계산이 없는 사람이다. 자신이 꿈꾸고 원하는 것이 분명히 있는 상황에서 그것을 포기하고 힘겨운 조직 생활에 적응해야 한다는 것이 쉽지 않았던 듯하다. 남편은 그때부터 오로지 연극만을 바라보며 살아왔다.

반면, 나는 시집살이를 해야 했고 아이를 키워야 했다. 콧대 센 배우였던 나는 철저히 생활인으로 돌아와야 했다. 연극만 바라보고 사는 남편 대신 생활비도 벌어야 했다. 그러나 난 그런 상황이 마냥 고되거나 싫지 않았다. 남편이 나와 아이들을 위해 자신의 꿈을 포기하고 사는 것보다는 자신이 원하는 삶을 살면서 자유롭게 꿈을 꾸는 모습이 더 좋았다.

나는 집안의 생계를 꾸려 가는 틈틈이 남편과 함께 공연을 했다. 연극, 뮤지컬, 마당놀이……

아무리 내가 좋아서 하는 일이었지만, 늘 즐거웠던 것만은 아니었다. 연예계 생활이 워낙 부침이 심하고, 인기 여부에 따라 경제 사정은 큰 차이가 났다. 경제적으로 어렵다 보니 내가 하는 일들은 모두 먹고 살기 위해서 하는 일이 되었다. 결혼 전에는 돈이 아닌 꿈을 위해 일하고 있다는 자부심이 나 스스로를 빛나게 했는데, 먹고 살기 위해 연극을 한다는 사실이 나를 비참하게 만들었다. 연극만이 아니었다. 돈이 되는 일이라면 어떤 일도 마다할 수 없었다. TV 드라마에도 나가고 라디오 방송에도 나갔다. 그러면서 돈 걱정 없이 훨훨 날아다니는 다른 배우들을 보면 주눅이 들었다. 내가 하는 연기에도 자신감이 생길 리 없었다.

저 배우들은 저렇게 잘하는데 나는 왜 이것밖에 안 될까. 포기하고 그만두고 싶은 생각이 수도 없이 들었다. 하지만 내가 그만두자니 당

신혼 시절. 딸 지원을 안고(위).
아들 지형과 딸 지원(아래).

장 먹고 살 일이 막막했다. 그만두고 싶어도 그만둘 수가 없었다. 하루하루가 괴로운 날들이었다. 그렇지만 마음을 다잡지 않으면 안 되었다. 난 남편의 꿈도 지켜주고 싶었고, 훗날 내 아이들이 자라서 하고 싶은 일이 생기면 주저없이 할 수 있도록 뒷받침해 주고 싶었다. 그 생각에 나는 현실의 삶 속에 두 발을 단단히 붙들어 매고 버텼다. 자칫 길을 잃고 낭떠러지로 떨어지지 않도록.

그러던 어느 날, 〈전원일기〉라는 드라마에 금동이 생모로 출연을 하게 되었다. 당시 탤런트들은 옷도 화려하고 가방이며 화장품 등 모두 값비싼 것들을 사용했다. 그런데 연극인들의 옷이며 소품들은 참 보잘 것 없었다. 그렇다고 그런 것에 새삼스레 주눅이 든 것도 아니었다. 워낙 다른 세계이니 부러워할 마음조차 들지 않았다고 해야 할까.

분장실에서 녹화가 시작되기 전에 다른 출연 배우들과 이런저런 이야기를 나누고 있을 때였다. 함께 출연하는 한 분이 커피가 마시고 싶다고 하셨다. 마침 지갑에 동전이 많아 제가 뽑아 드릴게요, 하고 지갑을 여는 순간 지갑 안에 들어 있던 동전들이 우르르 바닥에 쏟아졌다. 괜히 민망한 마음이 들어 서둘러 동전을 주워 담았다. 그때였다.

"어머, 세상에. 구멍 뚫린 동전이 다 있네."

등 뒤에서 놀라워하는 목소리가 들려왔다. 승용차로만 다니니 버스 탈 일이 없던 그분은 버스 토큰이라고는 구경조차 못해 본 거였다. 그러니 그분의 눈에 '구멍이 뚫린 동전'은 얼마나 신기했을까. 토큰 하나라도 잃어버릴까 봐 전전긍긍하며 주워 담고 있던 내 눈에서 왈칵, 눈물이 쏟아졌다. 다른 여배우들의 몸을 감싸는 화려한 차림에도 기가 죽은 적이 없었고, 다른 삶이라 부러운 마음조차 든 적이 없던 나였지만, 그 순간은 알 수 없는 서러움 같은 것이 확 밀려왔다.

'이렇게 다른 세상에 살고 있구나. 내가 연극을 선택했다는 이유로 세상이 이렇게 달라지는구나.'

그런 생각이 들자 눈물이 쏟아졌다. 모든 창작 영역에 있는 사람들이 다 비슷하지만 특히 연극 배우는 '배고픈 직업'의 대명사로 잘 알려져 있다. 맞는 말이다. 영화나 드라마와는 달리 연극은 많은 돈을 벌 수 있는 장르가 아니다. 대개 연극을 하다 영화나 드라마에 진출하여 성공한 사람들은 인터뷰를 할 때마다 연극 배우 시절의 배고팠던 기억에 대한 이야기를 많이 한다. 나도 그랬다. 하지만 그렇다고 해서 연극을 포기할 수는 없었다.

그때, 화끈거리는 얼굴로 토큰을 주워 담으며 나는 마음을 새롭게 먹었다.

'정말 열심히 살아야겠다, 열심히 살아서 연극쟁이의 가난도 벗어 버리고 돈이 없어서 비참한 삶은 살지 말아야겠다.'

눈물을 훔치며 거듭거듭 다짐했다.

그 후로 나는 더더욱 일에 매달렸다. 내게 주어진 일이라면 어떤 것이든 나에게 일을 맡긴 사람의 기대치보다 몇 배 더 잘하기 위해 죽을 만큼 공을 들여 해냈다. 방송국에 앉아 있으면 김성녀는 연극을 해서 가난하다는 소리가 여기저기서 들렸다. 연극 무대 연습실에 가 있으면 김성녀는 연극만 하지 않고 여기저기 온갖 곳에 다 얼굴을 내민다는 비아냥이 들려왔다. 어느 곳도 마음 편하게 있을 곳이 없었다. 나는 가슴 한 구석으로 그 소리들을 주워 삼켰다. 그리고 연극을 하면서도 가난하지 않게 사는 모습을 보여 주리라, 연극 외에 다른 것을 하면서도 제대로 된 연기를 해 보이리라 다짐을 거듭했다.

그렇게 하루하루 최선을 다하면서 살았다. 시간이 흐르면서 나는 연극이 아닌 다른 장르에서도 인정을 받았고, 그것은 거꾸로 연극계에서 인정을 받는 데 도움이 되었다. 열심히 아끼며 산 덕에 비루하지 않을 만큼 생활하게도 되었다. 아이들은 커 갔으며 움츠러들었던 어깨도 점점 펴졌다.

가끔 돌이켜 생각해 보면 그때 그 시절이 내게는 약이 된다. 살다 보면 손에 쥔 것을 놓치면 어쩌나 하는 생각이 들 때가 있다. 그런데 나

30대 초반. 가난하고 고된
날들이었지만 정말 열심히
살았던 때다.

에게는 주머니가 텅 비었던 순간, 나 혼자만의 힘으로 춥고 고단한 시절을 견디어 온 삶의 시간들이 단단한 뿌리로 박혀 있다.

지금 내 인생에 어떤 일이 생겨 내 손의 것을 다 잃게 되더라도 나는 시장 한쪽 바닥에 좌판이라도 펴고 앉아 구성지게 노래 부를 것이다. 그렇게 나는 바닥에서 탁탁 털고 일어날 수 있다는 자신감이 있다. 그것은 바로 가진 것이 없었던 젊은 시절의 꿈을 포기하지 않고 견뎌 낸 나 스스로에 대한 믿음 덕분이다.

어렵고 지쳐 주저앉고 싶을 때, 다시 일어나 걸었던 그 발걸음이 하나씩 쌓여 지금 이 순간의 나를 만들었다. 삶의 고단함은 누구에게나 찾아오지만, 그 고단함을 어떻게 이기느냐에 따라 먼 훗날의 자신을 완성한다. 지난 나의 삶이 그것을 보여 준다.

이해랑 연극상 수상

"초보 배우처럼 떨립니다. 엄마 뱃속에서부터 무대에 올랐고 극장 먼지 속에서 살아왔는데……. 엄마 노릇 못해 외롭게 자란 우리 아들딸, 설거지 안 하게 밖으로 내쫓고 병풍이 되어 준 시집 식구들 고맙습니다."

2010년 4월 12일, 이날은 결코 잊을 수 없는 날이다. 내가 이해랑 연극상을 수상한 날이기 때문이다. 수없이 많은 무대 위에 서 보았지만, 이날 단상 위에서 수상 소감을 말할 때처럼 떨린 적은 없었다. 말 그대로 초보 배우처럼 심장이 두근거렸다.

처음 내가 수상자라는 통보를 받았을 때, 나는 반갑고, 고맙고, 기뻤다. 마당놀이를 하면서 그간 연극계에서는 외톨이나 다름없었는데, 막상 연극계의 가장 중요한 상인 이해랑 연극상을 받고 보니 감회가 새로웠다.

게다가 이 상은 이미 손진책 씨가 2003년 수상한 터라 이해랑 연극상을 부부가 동반 수상한 건 우리가 최초였고, 아직까지 그 기록은 깨지지 않고 있다. 매년 그해 가장 빛나는 연극인들에게 주는 상을 받고 보니 그간 남편과 함께 연극에 바쳐 온 열정과 노력을 인정받은 것 같은 느낌에 뭐라 표현할 수 없을 정도로 기쁨이 차올랐다.

첫 무대에 섰던 순간부터 30여 년 간 연기에 바친 나의 모든 순간들이 머릿속으로 빠르게 흘러갔다.

사실 우리의 수상은 연극계에서 이례적인 일로 받아들여졌다. 그동안 우리 부부는 연극계의 중심이 아닌, 변방에 있는 사람들이었기 때문이다. 물론 나나 남편이나 각자 굵직굵직한 작품들을 많이 남겼지만, 대중들이 생각하는 우리의 이미지는 연극인이 아닌, '마당놀이 부부'에 가깝다.

나에게 마당놀이는 직접 만들고, 길러 낸 친자식 같은 존재지만 다른 시각으로 보면 그동안 도전해 온 무수한 공연 장르 중 하나일 뿐이다.

그동안 연기는 물론, 국악에 방송 진행자까지 섭렵하다 보니, 도대체 정체성이 뭐냐고 묻는 사람들이 많았다. 연극하는 사람들은 연극하는 사람대로, 국악 하는 사람은 국악 하는 사람대로, 한 우물만 파라고 조언하곤 했다.

하지만 난 한 우물을 파는 대신 여러 우물을 동시에 팠다. 여러 가지를 동시에 했지만 어느 것도 소홀히 하지 않았다. 어떤 것을 해도 깊은 곳까지 탐구하려고 노력했다. 무엇이든 대충하지 않았으며 중도에 포기하지도 않았다.

지난 세월을 돌이켜보면 남이 가지 않은 길을 헤쳐 오면서 외면도 받고 질시도 받았다. 그랬기에 이 상은 내게 더욱 각별하다. 스스로가

남편에 이어 나까지 정통 연극상인 '이해랑연극상'을 수상함으로써 연극을 해온 지난 세월에 대한 큰 칭찬을 받은 느낌이 들었다. 사진은 손진책(앞줄 가운데) 씨가 수상할 때의 장면.

더할 수 없이 비천하게 느껴지던 내 30대의 서글픔과 뭐든지 맡은 일은 누구보다 더 잘해 내야 한다고 앞뒤 재지 않고 달려들었던 내 40대의 치열함, 그리고 지난 세월의 노력이 만들어 준 내 50대의 자신감과 성실함에 대해 누군가 그동안 참 애썼다, 하고 어깨를 토닥거려 주는 느낌이라고나 할까.

내 나이 60대. 오랜 세월 연극을 해온 나는 이 상으로 배부른 칭찬을 받은 느낌이었다.

삶의 열정을 모두 바친 무대

연극 무대는 내가 본격적으로 연기를 시작한 곳이기 때문에 마치 고향과도 같다. 한때는 연극계에서 이방인 취급을 받기도 했지만, 오로지 연기에 집중하며 꾸준히 무대에 서서 다양한 배역을 연기해 왔다. 다른 많은 무대들도 마찬가지지만, 연극 무대는 나를 배우로서 단련시켜 주었고, 다른 영역으로 진출할 수 있는 기회의 장이 되어 주었다.

그렇기에 나는 연극에 대한 애정이 유별나다. 가끔 대학로에 나가서 연출가나 배우에 대해 잘 알지 못해도 관심이 가는 작품이 있으면 시간을 내서 관람하곤 한다.

젊은 후배들의 열정으로 채워진 무대를 보면 나의 감성과 열정이 절로 일깨워진다. 어떤 무대는 객석이 꽉 들어차 있기도 하고, 어떤 무대는 빈자리가 더 많다.

정말 재미있고 감동을 주는 작품은 관객이 많건 적건 뜨거운 박수갈채와 환호를 받는다. 반면 아무리 관객이 많이 드는 작품이라도, 그 내용이 부실하면 반응은 싸늘하다. 난 연극을 보다가 배우의 연기가 마음에 들면 무대 뒤로 찾아가 밥이라도 사 먹으라며 작은 성의를 건

허규 연출의 〈물도리동〉에 출연할 당시 난 첫 아이를 출산한 지 불과 보름 뒤에
무대에 올랐다. 이 작품은 제1회 대한민국 연극제에서 대통령상을 받았다.

넨다. 반면 대충 해서 내는 숙제 같은 연극을 보고 나면 너무 무대를 쉽게 생각하는 것은 아닐까 하는 아쉬움에 속상해하기도 한다.

무대는 결코 만만한 곳이 아니다. 그곳에서 나는 배우 김성녀라는 이름을 걸고 혼신의 힘을 다해 연기해 왔다. 연극을 처음 시작했을 때부터 지금까지도 무대를 대하는 나의 태도는 변함이 없다.

1976년, 허규 선생님이 대표로 있던 극단 「민예」에서 〈한네의 승천〉으로 데뷔했을 때나 지금이나 무대는 언제나 설레고 두렵다.

허규 선생님은 우리의 전통 연희에 기반을 둔, 우리 연극의 전형을 만들고 싶어 하셨다. 생각해 보면 허규 선생님이 구상하는 연극에 매우 적합한 배우였던 것 같다. 박귀희 선생님에게 우리 고유의 소리도 배웠고, 그 가락에 맞춰 춤을 출 수 있고, 동시에 연기도 할 수 있었으니까.

〈창포각시〉, 〈소금장수〉 등 그때 출연한 작품들은 대부분 우리 고유의 이야기를 가지고 만든 연극이었다. 그렇게 허규 선생님과 민속극 형식의 연극을 해 나가던 중, 하회마을에서 하회탈을 만드는 사람들의 이야기를 다룬 〈물도리동〉이라는 작품에 출연 제의를 받게 되었다. 그때 나는 큰 딸을 임신 중이었다. 그런데도 허규 선생님이 내가 꼭 출연해 주길 원해서, 나는 아이 낳는 날을 미리 계산해 연극 스케줄을 조정하였다. 그런데 출산일이 지났는데도 아이는 나올 기미가 보이지 않았다. 날짜 계산을 잘못했던 것이다. 공연 날짜는 점점 가까워져 오고, 허규 선생님은 날마다 전화를 하셔서 출산을 했는지 물어보았다.

나는 아무래도 다른 배우를 구해야 할 것 같다고 말씀드렸지만, 허규 선생님은 반드시 나와 작품을 해야겠다고 하셨다. 그렇다고 아이가 언제 나올지 알 수 없는 상황에서 마냥 기다리게 할 수만은 없었다. 결국 우상민이라는 뮤지컬 배우가 내 배역 연습을 하고, 나는 그 사이에 출산을 하고 보름 간 산후 조리를 했다.

어느 정도 움직일 수 있는 몸이 되자 나는 바로 무대로 복귀했다. 산후 조리 할 때, 삼칠일은 쉬어야 한다는데 삼칠일은커녕 2주도 채 쉬지 못했다. 나 대신 배역을 연습해 준 우상민 씨의 연기를 보면서 겨우 감을 잡아 연습을 했고, 무대에 올랐다. 그때만 해도 아직 젊어서였는지 그게 가능했던 것 같다.

그렇게 우여곡절 끝에 무대에 선 〈물도리동〉은 성황리에 막을 내렸다. 그 작품은 제1회 대한민국 연극제 대통령상을 탔다. 힘들게 작업한 만큼 값진 성과를 얻었기에 기쁨이 두 배였다. 그 시절 연극의 순수함에 젖어 있던 나는 아이 낳고 거의 바로 무대에 올랐지만 고달프거나 힘들게 느껴지지 않았다. 기다려서라도 나에게 배역을 맡겨 준 연출자가 고마웠고, 그래서 더욱 열심히 했다.

극단 「민예」에서 주로 활동하던 나는 간간이 다른 극단과 함께 작품을 했는데, 1980년에는 「민중극단」의 〈선인장 꽃〉에 출연했다. 그 작품에서 후배 윤석화를 처음 만났다. 젊은 시절, 윤석화는 재능이 풍부하고 감성이 예민한 배우였다. 어린아이처럼 순수한 데다 매우 정열적이고 매력이 넘쳤다.

또한 극단 「가교」와 함께 〈이수일과 심순애〉, 〈뜻대로 하세요〉 두

극단 「가교」에서 무대에 올린 악극 〈이수일과 심순애〉에서 나는 심순애
(앞쪽) 역을 맡았다.

「민중극단」의 〈선인장 꽃〉에
함께 출연한 연극 배우 윤석화
(왼쪽)와.

작품을 같이 하기도 했다. 〈이수일과 심순애〉는 신파극이고 〈뜻대로 하세요〉는 셰익스피어 극이었는데, 성향이 다른 두 작품을 연달아 연기하면서 연기의 폭을 점차 넓혀 갔다.

연극계의 대가들과 함께하다

극단 「민예」에서 주로 활동하던 나는 1978년 「국립창극단」에 입단 했고, 1981년에 「국립극단」으로 소속을 옮겼다.

「국립창극단」은 허규 선생님의 권유로 입단했다. 허규 선생님은 우리 창극의 바탕을 완성하셨는데, 당시 나를 보고 이런 말을 했다.

"연극은 어느 극단에에건 어느 시간에서건 언제든지 할 수 있다, 하지만 창극은 「국립창극단」에서만 할 수 있는 것이다. 난 니가 우리 소리를 몸으로 익히면 더욱 좋겠다는 생각이 든다."

그렇게 하여 입단한 「국립창극단」에서 나는 4년 간 활동을 했다. 「국립창극단」에 입단해 김동애, 안숙선 씨를 다시 만났다. 우리는 서로 라이벌이기도 하고, 절친한 선후배 사이기도 했다. 나는 그들과 함께 해외 공연 등 무수한 공연을 함께 했다.

하지만 얼마쯤 지나자 창극단 생활이 점점 회의가 들기 시작했다. 소리를 오래 하지 않은 나는 자격지심도 드는 데다, 한 작품을 무대에 올리면 그 작품만 계속 공연해야 하는 창극단 공연이 정서적으로 잘 맞지 않았다. 또한 창극은 선생님에게 배우면 그것을 그대로 지키고

「국립극단」 시절. 왼쪽이 평생 친구인 윤문식 씨고 가운데가 장민호 대선배이다.

재현하는 장르인데, 그것도 만족스럽지 않았다. 나는 그것을 변형시키고 새로운 것을 창작하는 것에 더 가치를 두었다. 결국 나는 「국립창극단」을 그만두고, 「국립극단」으로 자리를 옮겼다.

당시 「국립극단」은 그야말로 배우의 산실이었다. 장민호, 백성희, 정애란, 손숙 등 쟁쟁한 실력을 가진 배우들이 이곳을 거쳐 갔다. 때문에 「국립극단」에서 공연을 한다는 것은 연극 배우로서의 이력을 인정받는 길이기도 했다.

나는 「국립극단」 소속 배우로 활동하면서 〈바리더기〉, 〈돈 주앙〉, 〈어떤 날〉, 〈한만선〉을 비롯해 여러 작품에 출연했는데, 특히 이해랑, 오태석 선생님 등 기라성 같은 연출자들과 만나는 행운을 얻었다.

나는 그분들과 작업을 하며 정말 많은 것들을 배울 수 있었다. 이해랑 선생님은 그야말로 정통 연극을 추구하는 분이었다. 연극의 대중적 요소를 버리고 순수 연극을 지향하고, 리얼리즘에 입각한 연극 활동에 충실했던 선생님은 창작극보다는 번역극을 많이 연출했다. 연기에 있어 대사의 호흡을 매우 중요하게 생각했는데, 배우와 함께 호흡을 할 정도였다.

난 이해랑 선생님의 〈삭풍의 계절〉이라는 작품에 출연했는데, 백성희 선생님, 손숙 선배가 주인공 할머니 역할이었고, 나는 젊은 며느리 역할을 맡았다. 이 젊은 며느리 역할은 여러 명의 배우를 후보로 놓고 오디션으로 결정하기로 했다. 이해랑 선생님은 배역을 뽑을 때 배우들이 읽는 대사를 호흡 하나하나 놓치지 않고 같이 하신다. 나는 거기에 합격점을 받아 배역을 따낼 수 있었다.

오태석 선생님을 만난 것은 1981년 〈한만선〉이라는 작품을 하면서부터다. 〈한만선〉은 안중근 의사의 일생과 현대인 안상노의 삶을 대비시켜 만든 작품으로 나는 이 작품에서 김동원, 장민호, 권성덕 등 쟁쟁한 선배들과 함께 공연했다.

오태석 선생님은 한국적인 언어와 몸짓으로 연극을 만드는 분이었다. 선생님은 화법이 매우 독특했는데, 또박또박하지 않고 끝을 흐리면서 눙치고 드는 듯한 충청도식 말투를 사용했다. 선생님은 연극에 대한 열정이 대단한 분이어서 '오지랖'이라는 별명이 붙을 정도였다. 배우들이 연습하는 장면을 지켜보다가 재미있으면 바닥에 드러누워 구르면서 웃었는데, 그분의 자유롭고 유쾌한 성격이 그런 면에서 고스란히 드러났다. 선생님은 배우를 경직시키지 않고 즐겁게 놀 수 있도록 만드는 분이었다. 배우를 긴장시키지 않고 배우들이 자기 내면에 있는 모든 것들을 자유롭게 풀어 놓도록 하였다. 그런 뒤에야 배우에게서 당신이 필요한 부분을 끌어다 연출을 하셨다.

선생님의 그런 방식은 틀에 얽매여 주어진 대로 연기를 하는 것보다 자유롭게 내 방식을 찾아가는 나의 기질과 성향에 잘 맞았다. 선생님은 대부분 직접 대본을 쓰고 연출을 했는데, 배우의 대사가 마음에 들지 않으면 즉석에서 고치곤 했다.

극단 「가교」의 상임 연출자를 지내고, 브레히트 서사극 기법을 무대 연출에 도입한 김상열 선생님과는 1982년 〈어떤 날〉로 함께 작업을 했다. 〈어떤 날〉은 드라마 작가로 유명한 정성주 작가가 대본을 썼는데, 나는 어느 평범한 가정의 딸로 출연했다. 이 작품은 「국립극단」 소극장에서 공연했는데, 그곳은 대사가 잘 안 들리는 공연장이었다. 하지만 난 아주 작은 대사까지 또렷하게 들린다고 칭찬을 많이 받았다.

최근 극단 「물리」의 대표로 있는 한태숙 씨를 만났는데, 그녀로부터 오랜만에 〈어떤 날〉에 대한 이야기를 듣게 되었다. 한태숙 씨는 당시 그 작품을 보았다고 했다. 그녀는 그때 내 모습을 또렷이 기억하고 있었다. 그 작품에서 내가 재봉틀을 돌리며 연기하는 장면이 있었는데, 천을 잡고 박는 것부터 시작해서 디테일하게 연기를 잘하더라는 것이다. 그 이야기를 듣고 난 깜짝 놀랐다. 30~40년 전의 일을 한태숙 씨는 너무 정확하게 기억하고 있었다. 그를 통해 무대 연기라는 게 관객들에게 한번 선보이고 나면 끝나는 게 아니라, 사람들의 뇌리에 각인되어 오랫동안 기억될 수도 있다는 걸 깨달았다.

이처럼 나는 연극계의 대가들을 만나 작품을 하면서 차곡차곡 연기 실력을 쌓아 갔다.

특히 연기의 대가들과 함께 공연한 것은 내겐 큰 행운이었다. 백성희 선생님은 그 시절 나에게는 까마득한 대 선배였다. 선생님은 발음이 얼마나 정확한지 '100% 대사가 들리는 배우'로 유명했다. 선생님은 무척 정이 많으신 분이었다. 선생님은 종종 된장에다 소고기와 양파를 갈아 넣고 푹 끓여 낸 비빔장과 뜨거운 밥을 함께 싸 오셨는데, 국립극장 잔디밭에 앉아 밥을 슥슥 비벼 먹으면 정말 꿀맛이었다. 식사를 하면서 선생님은 대사의 호흡을 하나하나 가르쳐 주셨다. 그런 선생님에게서 나는 많은 것을 배웠다. 사실 그 전에는 남의 연기를 보고 배워야 한다는 생각은 하지 않았다. 내가 가장 잘하는 줄 알았다. 하지만 선생님의 연기를 보면서 새로운 눈이 열리는 느낌이었다. 선생님은 여배우들의 이정표라고 할 만큼 배우로서의 우아함과 열정을 두루 갖추고 있었고 언제나 품위를 지키셨다.

난 「국립극단」 소속 배우로 연극의 대가들과 작품을 하면서 연기에 새로운 눈을 뜨고 아울러 겸손함을 배웠다. 모든 곳에 스승이 있었다.

다양한 작품 다양한 연기

「국립극단」 단원으로 4년 간 활동하면서 내 연기는 한층 성숙해졌다. 연출과 연기의 대가들과 함께 공연하면서 나만의 세계에서 벗어나 연기의 지평을 넓혀 나갈 수 있었다.

손진책 씨도 「국립극단」에서 연출을 했는데, 그는 한국적인 춤과 노래로 구성된 연극을 시도했다. 기존의 「국립극단」에서 무대에 올리는 작품들은 대개 정극이었는데, 춤과 노래가 포함된 창작극을 해도 되는지 모두들 의아해했다. 하지만 그는 꿋꿋하게 밀고 나가 1983년 〈바리더기〉를 연출했다.

〈바리더기〉는 제주의 바리더기 설화를 무대로 올린 것으로 우리 고유의 무속 신앙의 세계를 보여 준다. 나는 부모를 구하기 위해 지옥에 다녀오는 바리더기 역을 맡았다. 대개 신화는 개연성이 부족하고 우연이 많이 개입된다. 그런 이야기를 바탕으로 한 것이기 때문에 서사 구조가 뚜렷한 연극이라기보다는 놀이극에 더 가까웠다. 손숙 선배가 무당 역할을 맡았는데 춤추고, 노래해야 되는 작품이라 부담감을 많이 느끼기도 했지만, 작품은 성황리에 막을 내렸다.

손진책 씨는 1983년 「국립극단」에서 춤과 노래가 포함된 창작극 〈바리더기〉를 연출했다. 사진은 「국립극단」 예술 감독 시절의 손진책 씨. 그는 2010년~2013년까지 예술 감독을 역임하였다.

손진책 씨가 「국립극단」에서 연출한 작품 〈바리더기〉에서 나는 주인공 바리더기 역을 맡아 공연했다.

〈돈 주앙〉은 프랑스 연출가가 직접 「국립극단」으로 와서 연출한 작품이다. 우리나라에서 돈 주앙은 코믹한 이미지로 널리 알려져 있는데, 프랑스 연출가의 이야기를 들어 보니 그 나라에서는 로미오나 이도령 같은 지금의 꽃미남 같은 이미지였다. 그런데 연출가가 오기 전에, 우리가 미리 뽑아 놓은 돈 주앙 역할의 배우는 꽃미남 배우는 아니어서 프랑스 연출가는 굉장히 난감해했다.

한번은 연출자가 바위 위에서 뛰어내리는 모습을 시범해 보였는데, 그 모습이 정말 자유롭게 날아가는 새처럼 보였다. 그런데 우리 배우들이 똑같은 장면을 연기하는 모습을 보니 개구리처럼 보였다. 그때 우리나라 배우들도 몸 훈련을 해야겠다는 걸 느꼈다. 배우의 몸이 작더라도 새처럼 날아가야 하는 장면이면, 새처럼 보여야 하는 게 배우다. 몸 훈련 또한 배우가 정확히 표현하는 데 반드시 필요한 것이라는 걸 절실히 깨달았다. 이처럼 「국립극단」에서 연기 경력을 쌓아 가는 동안, 나는 고민에 빠졌다. 사실 「국립극단」 단원이 된다는 것은 곧 안정적인 직업인이 된다는 것을 의미했다. 월급을 꼬박꼬박 받고, 좋아하는 연극을 할 수 있다는 것은 대단한 혜택이었다. 하지만 거기에는 함정이 있었다. 예술을 하는 사람들에게 안정된 직장이나 보수는 오히려 독이 될 수 있다는 것이다. 연극 연습을 하다 보면 시간을 넘기기 십상이다. 한 번 연극에 몰입을 하면 시간에 얽매임 없이 밤낮으로 연습을 할 수 있어야 하는데, 「국립극단」에서는 출퇴근 시간이 정해져 있으니 제한이 많았다.

나는 보다 자유롭고 다양한 연기 활동을 위해 「국립극단」을 그만두었다. 물론 여기에는 다른 결정적인 계기가 있었다. 나중에 이야기하겠지만 당시 출연한 드라마가 예상치 않은 반응을 불러일으키면서 더 이상 「국립극단」 생활을 할 수 없게 된 것이다. 「국립극단」을 그만둔 뒤 나는 연극과 드라마, 영화 등에 출연하면서 보다 다양한 연기 활동을 했다.

1984년에 출연한 〈밤으로의 긴 여로〉는 극단 「성좌」와 함께 한 작품이다. 돌아가신 권오일 선생님 연출에, 송승환, 박인환 씨와 나, 세 명의 배우가 주연을 맡았다. 그때 난 아편 중독자 어머니 역을 맡았는데, 나이가 어렸던 탓에 배역을 충분히 표현하지 못했다. 그게 마음속에 응어리로 남아서, 언젠가 이 작품을 다시 하게 되면 정말 제대로 그 역할을 표현해야겠다 결심을 했다. 그러던 중 2012년, 〈밤으로의 긴 여로〉를 다시 연기할 기회가 찾아왔다. 쿠리야마라는 일본의 대연출가가 「국립극단」에서 이 작품을 연출하기로 한 것이다. 쿠리야마는 한국에서 공연을 하게 되면 나와 작업을 한 번 해보고 싶어 했다. 내가 작품 속 배역에 적역이라고 생각한 것이다. 나도 속으로 칼을 갈아온 터라, 의욕이 충만한 상태였다. 그런데 이번에는 엉뚱한 이유로 나는 그 배역을 맡지 못했다. 그 배역을 잘 연기할 수 있는 나이인데 아편 중독자 역할을 하기에는 너무 건강한 상태라는 것이었다. 그 작품은 쿠리야마도, 나도 모두 아쉬운 기억으로 남아 있다.

1985년에 출연한 〈휘가로의 결혼〉은 김동훈 대표의 「실험극장」에서 공연했다. 오현경 선생님이 주인공인 휘가로 역이었고, 나는 백작부인 역할이었다. 나는 키도 크고, 체형이 동양 여자보다는 서양 여자에 가깝다. 그런 내가 민속극을 많이 했다는 것이 아이러니하기도 하다. 한복을 많이 입던 내가 〈휘가로의 결혼〉에서 백작부인 역을 맡아 멋진 드레스를 입고 연기하게 되어 기분이 새로웠다. 오현경 선생님은 화술을 중요하게 생각하셔서 관련한 공부를 많이 해오신 분이다. 공연할 때 내 화술에 대해 칭찬을 많이 해주셨다. 나는 연극을 하면서 발음이 좋다는 이야기를 많이 듣는 편이었다. 판소리를 배운 덕분이다. 소리를 하면서 발성과 호흡을 정확하게 하는 훈련을 받은 덕에, 우리말의 리듬을 잘 살려 낼 수 있게 되었다.

나는 지금 대학에서 학생들을 가르칠 때 반드시 우리 소리를 배우라고 권한다. 배우는 발성이 가장 기본이 되어야 하기 때문이다.

극단 「미추」창단

초등학교 시절부터 여성 국극이나 악극 등을 접한 손진책 씨는 대학 시절에는 전국 각지를 돌면서 우리 굿의 기원과 구조에 대해 연구하기 시작했다. 그는 '한국의 연희', '한국의 전통적 정서'를 바탕으로 '한국적 연극'을 만들어 내는 것에 큰 관심이 있었다.

그는 평소 "모름지기 연극은 사회에 메시지를 던지고 반향이 되고 거울이 되고 길이 되어야 한다."고 생각했다. 이는 그의 연극관이 되었다. 그가 한국적인 것, 한국의 정서에 천착하여 새로운 연극을 시도하는 것도 그의 이런 연극관에 따른 것이었다.

손진책 씨는 이를 바탕으로 1986년 극단 「미추美醜」를 창립했다. 자신이 꿈꾸던 한국적인 연극을 보다 심화시키기 위한 첫걸음이었다. 국립극단을 나와 다양한 무대 위에 서며 배우 생활을 이어가던 나도 극단 창단에 합류했다.

「미추」는 남편의 친구이기도 한 도올 김용옥 선생이 지어 준 이름이다. 김용옥 선생이 풀이한 미추의 뜻은 이렇다. "아름다울 미美자를 보면, 양 자 밑에 큰 대 자가 있으며 이는 크고 건강한 양을 바친 제의를

연출가 손진책 씨는 한국적인 것, 한국의 정서에 천착하여 새로운 연극
을 만드는 것을 목표로 극단 「미추」를 창단했다.

뜻한다. 추醜 자는 술 주 자 옆에 귀신 귀 자를 쓰는데, 무당이 술병을
놓고 춤을 추는 모양새로 역시 제의의 표현이다. 또한 '미추'는 아름다
움과 추함을 동시에 표출하는 우리 몸의 느낌을 일컫는 것이다."

　연극, 뮤지컬뿐만이 아니라 모든 공연은 원시시대의 제의祭儀에서 비
롯된 것이다. 춤추고, 연기하고, 노래하고. 인간의 무의식 속에 숨어
있는 이러한 예술의 DNA가 총체적으로 표현된 것이 제의고 그것이

계승되어 오면서 다양한 공연 형태로 탈바꿈하게 되었다.

손진책 씨는 우리 민족이 가진 예술의 DNA를 바탕으로, 이전에 없던 새로운 '한국적인 연극'을 만들고자 했다. 자연스레 「미추」는 전통극과 현대극, 뮤지컬 등 장르를 가리지 않고 다양한 형식 속에서 한국적인 극을 추구하게 되었다.

손진책 씨는 당시의 한국적인 연극이라는 것이 너무 소재나 형식에 치우쳤다고 생각했다. 그래서 그는 예술의 전반적인 것과 극단 운영과 레퍼토리 선정 등 모든 것을 책임질 수 있는 전문 단체를 만들어야겠다고 결심하고, 1986년 3월 서울특별시 종로구 연건동에서 '손진책 연출 연구소'를 설립한 데 이어 같은 해 8월 윤문식, 김종엽, 그리고 나를 포함한 30여 명의 단원을 주축으로 극단 「미추」를 창단한 것이다.

1987년 「미추」는 창립 작품으로 〈지킴이〉를 무대에 올렸다. 이 작품은 극단 「미추」의 정신과 앞으로의 방향성을 명확하게 보여 주기 위해 기획되었다. '지킴이'란 역사, 문화와 같은 우리 고유의 것들을 지켜나가는 사람들을 뜻한다. 이 작품은 우리 고유의 소리와 몸짓이 모두 들어간 일종의 총체극이었는데, 전통 무술을 바탕으로 한 안무를 도입해서 모든 단원들이 그 춤을 배워 공연했다.

아들 지형이도 어린 지킴이 역할로 연극에 참여했었다. 그게 아들이 배우로 무대 위에 선 처음이자 마지막 작품이었다. 〈지킴이〉는 여러 가지로 의미가 있다. 「미추」가 세상에 처음 내놓은 작품이기도 하고, 「미추」는 이런 성향의 작품을 한다고 세상에 알리는 선언과 같은 의미도 있다.

「미추」의 대표작인 〈오장군의 발톱〉에서 무녀 역을 맡았다.

다음해에 공연한 〈오장군의 발톱〉은 극작가 박조열의 대표작으로 '혈육, 고향에 대한 그리움과 평화에 대한 간절한 열망'을 담은 작품이다. 원래 이 작품은 1974년에 발표되어 공연 준비 중이었는데 당시 군사정권에서 전쟁을 희화화했다는 이유로 공연 불가 판정을 내려 결국 막을 올리지 못했다. 손진책 씨는 이 작품에 대한 애착을 가지고 있다가 1987년 해금되자 마침내 1988년에 무대에 올린 것이다. 〈오장군의 발톱〉은 세트가 독특하게 만들어져 있었다. 흰 천으로 막을 만들어서 출연자들이 천을 이용해서 막을 전환했고, 무대 위에 또 하나의 무대를 만들기도 했다. 처음에는 대본에 맞게 옷도 서양식으로 만들었고 세트도 그에 맞추었다.

훗날, 이 작품을 러시아에서 다시 공연하게 되었는데 그때는 옷이나 세트 모두 한국식으로 바꾸었다. 러시아 관객들은 이 작품에 열광적인 반응을 보였다. 낯선 한국에서 온 작품임에도 공연에 대한 이해도도 굉장히 높았다. 장면마다 박수가 터져 나오기도 했다. 러시아에 〈오장군의 발톱〉과 유사한 내용의 소설이 큰 인기를 끌고 있었기 때문이다. 우리는 혹시 박조열 선생님이 러시아 소설에서 모티브를 따온 것은 아닐까 생각하기까지 했다. 하지만 확인해 보니 〈오장군의 발톱〉이 더 먼저 쓰어진 작품이었다. 참 신기한 일이라고 생각했다.

이 작품은 백상예술대상 작품상, 전국연극제 최우수상 등 주요 연극상을 모두 수상했다. 신생 극단이지만 「미추」의 힘을 보여 준 작품이라 매우 뿌듯했다.

기이한 인연의 세 작품

1991년, 나는 새로운 역할에 도전하게 되었다. 배우는 이미지가 굉장히 중요하다. 이미지를 만들기도 어렵지만 이미 만들어진 이미지를 버리기도 쉽지 않다. 그때까지 나는 고전적인 한국 여인상의 이미지가 매우 강했다. 나는 이미지 변신을 꾀하지도 않았고, 굳이 그럴 필요도 느끼지 못했다.

그러던 어느 날, 「실험극장」의 대표인 윤호진 씨로부터 작품을 함께 하자는 제의가 들어왔다. 윤호진 씨는 나중에 뮤지컬 〈명성황후〉를 크게 성공시키기도 했던 능력 있는 연출자다. 그는 영국에서 크게 히트한 〈욕탕의 여인들〉이라는 작품을 한국식으로 바꿔 김철리 연출로 공연을 하는데, 거기서 거리의 여자 역할을 맡아 줄 것을 제안했다. 그 배역은 길거리에서 몸을 파는 여인으로 입에 욕을 달고 사는, 한마디로 막장 인생을 사는 여자였다. 나는 이 역할을 제의받고 좀 당황했다. 고전적인 한국 여인상을 깨고 거리의 여자 역할로 자연스럽게 변신할 수 있을지 고민이었다.

윤호진 씨는 전혀 그럴 것 같지 않은 사람이 욕도 하고 상스럽게 행동하면, 관객이 오히려 불편하게 받아들이지 않을 거라며 나를 설득했다. 윤호진 씨는 캐스팅에 대한 안목이 굉장히 높은 사람이다. 그는 배우에게서 생각지도 못한 능력을 끌어 내는 재능이 있다. 나는 윤호진 씨의 안목을 믿고, 작품에 참여하기로 결정했다.

영국의 여성 작가 넬던의 작품인 〈욕탕의 여인들〉은 목욕탕을 무대로 여섯 명의 여자들이 등장한다. 경찰관에게 성폭행 당하거나 바람난 남편에게 이혼 당한 여성, 남성들의 편협함과 불성실함에 상처받은 여인 등 남성 중심적 사회에서 차별 받고 소외된 여인들이 등장해 사회 부조리를 고발하는 내용이었다.

출연진 대부분이 가운 하나만 걸치고 출연해 당시로선 파격적인 작품이었다. 나는 낯선 배역, 낯선 연기를 하는 것이 쉽지는 않았지만 결과는 대성공이었다. 연극은 평단의 호평을 받았고, 나는 이 작품으로 서울연극제, 백상예술대상 등 많은 상을 수상했다.

〈욕탕의 여인들〉은 여러 가지 재미있는 기억이 많다. 함께 출연하던 젊은 여배우 한 명은 가운도 없이 전라로 등장했다. 젊은 여배우가 부끄러울 법도 한데 천연덕스럽게 연기하는 모습에 감탄해서, 참 대단하다고 칭찬을 해주었다. 하지만 그 배우는 무대 위에 올라가기 전에 매일 기도했으며, 심장이 떨려서 마음 추스르기가 힘들었다고 털어놓았다. 나라도 그랬을 것이다. 소극장 공연이라 관객과의 거리가 매우 가깝기 때문에 더 부담이 되었을 수도 있다.

세트에 마련된 목욕탕 물을 매일 갈아야 하는 것도 일이었다. 연극의 마지막 장면에 모든 배우들이 물에 뛰어드는 장면이 있다. 그 장면을 위해서 스태프들이 매일 물을 갈았고, 물 온도도 맞춰 주었다. 뛰어드는 장면만큼은 모든 배우들이 전라로 연기해야 했는데, 그 장면에선 드라이아이스로 안개를 만들어 무대 위를 뿌옇게 채웠다. 우리는 서로 그 안개에 몸을 숨기려고 다투어 물 속으로 들어가곤 했다.

이듬해 나는 〈위험한 관계〉를 공연하게 되었다. 〈위험한 관계〉는 18세기 프랑스의 작가인 드 라클로의 소설로, 수차례 영화와 연극으로 만들어졌다. 우리나라에서도 배용준, 이미숙, 전도연 주연의 영화 〈스캔들―조선남녀상열지사〉로 리메이크되었다. 연극의 희곡은 미국 최고의 희곡 작가인 크리스토퍼 햄프튼이 썼고, 우리는 이를 번역해 공연을 했다. 나는 이 연극에서 순수한 여인을 파멸로 이끄는 백작부인 역할을 맡았다.

그런데 공연 마지막 날, 목욕탕에서 넘어지는 바람에 갈비뼈가 부러지는 사고를 당했다. 당장 입원해야 하는 상황이었지만 마지막 공연을 도저히 펑크낼 수가 없었다. 난 몸을 붕대로 친친 감고 진통제를 복용한 뒤

〈욕탕의 여인들〉은 내게 백상예술대상 연기상을 안겨 주었다.

무대에 섰다. 그리고 관객들에게 양해를 구한 뒤 무대 한 켠에 놓인 의자에 앉아 연기를 했다. 통증에, 약 기운에 어떻게 연기를 했는지 모를 정도로 정신없이 공연을 마쳤다. 그때 관객들이 모두 자리에서 일어나 박수를 보내 주었다. 거의 쓰러지기 직전의 상태였는데 박수 소리를 들으니 정신이 들었다. 난 한참 동안 아픔도 잊은 채 희열에 젖었다.

부러진 갈비뼈가 채 아물기도 전에 곧바로 다음 작품 준비에 들어갔다. 「미추」에서 야심차게 기획한 〈죽음과 소녀〉로 칠레 출신의 세계적인 극작가 아리엘 도르프만의 작품이었다. 독재정권 치하의 칠레의 상황을 모티브로 했는데, 군사독재 시절 고문당한 과거를 지닌 여주인공 빠울리나는 독재정권이 무너진 뒤에도 15년 전의 악몽을 떨치지 못하고 살다가 우연히 자동차 사고로 만난 의사가 자신을 고문하던 자임을 알고, 그에게 자백을 받아 내기 위해 폭력 등 온갖 방법을 행사한다는 내용으로, 폭력과 인권 등의 문제를 생각게 하는 작품이었다.

나는 여주인공 빠울리나 역을 맡았는데, 문제는 다친 갈비뼈가 아물지 않아 제대로 연습을 할 수가 없었다. 결국 붕대를 감고 링거를 꽂은 채 공연장에 갔고, 후배 배우 서이숙 씨가 나대신 연습하는 모습을 보고 연기와 동선을 외워야 했다.

공연 날짜가 다가왔다. 결국 나는 몸이 성치 않은 상태로 무대 위에 섰고, 대선배이신 신구, 권성덕 선생님과 함께 연기했다. 빠울리나는 성폭행을 당한 여자 역할이어서, 분노와 울분이 가득 담긴 에너지를 담아 연기를 해야 하는데 몸이 아파 도저히 소리를 지를 수가 없었다.

〈죽음과 소녀〉에서 권성덕(위) 선배님과. 이때 〈위험한 관계〉 출연 당시 목욕탕에서 넘어
지는 바람에 다친 몸으로 무대에 올라 혹평을 받아 아쉬웠지만, 나중에 다시 이 작품을
공연해 그때의 아쉬움을 만회할 수 있었다.

96 벽 속의 요정

선생님들께 정말 죄송했지만 대신할 배우도 없었고, 난 내가 맡은 배역이니 최선을 다하고 싶었다.

공연이 끝나고 평론가들로부터 혹평을 받았다. '김성녀가 대사를 하면 소리가 안 들린다.'는 것이었다. 연기에 대해 혹평을 받은 것은 굉장히 가슴 쓰라린 일이었지만, 나는 의연히 넘기려고 애썼다. 나로서는 공연을 무사히 마친 데 만족할 수밖에 없는 무대였다.

하지만 시간이 지난 뒤 이때 공연의 아쉬움을 충분히 만회할 기회를 얻었다. 아리엘 도르프만이 한국으로 와서 다시 〈죽음과 소녀〉를 공연하게 된 것이다. 나는 같은 역할에 캐스팅 되었고, 예전의 아쉬웠던 공연을 만회해 볼 생각으로 온 힘을 다해 연기를 했다. 그 결과 아리엘 도르프만으로부터 자신이 전 세계를 다니면서 본 〈죽음과 소녀〉 중 세 손가락 안에 들만큼 잘 만들어진 작품이라는 평을 받았다.

아리엘 도르프만과는 2005년 〈디 아더 사이드〉라는 작품으로 다시한 번 인연을 맺게 되었다. 이 작품은 전쟁 중인 두 나라의 국경지대에서 살아가는 노부부의 이야기를 다루고 있는데, 그 상황이 남북이 대치 중인 우리나라의 정황과 비슷했다. 난 〈죽음과 소녀〉에 이어 〈댄싱 섀도우〉 〈디 아더 사이드〉까지 세계적인 극작가의 작품을 연기하게 되어 매우 기뻤다.

〈욕탕의 여인들〉, 〈위험한 관계〉, 〈죽음과 소녀〉등 연달아 세 작품을 하고 나서 나는 다소 엉뚱한 생각이 들었다. 욕탕에서 넘어져 위험해지고 죽음에 이른다? 이거 제목대로 가는 거 아냐, 하고 혼자 생각하곤 오싹해했다.

아무튼 그렇게 다치고, 다친 채로 무대에 오르는 등 연기에 있어서는 어떤 상황이든 혼신의 힘을 다했다. 그것이 지금의 나를 있게 한 힘이 아닌가 생각한다.

무대 위에서 산다는 것

배우들은 평생 무대 위에서 연기하다 죽는 것이 꿈이 아닐까. 현실의 여건이 힘들고 어려워 잠시 무대를 떠나 텔레비전이나 영화에 출연했다가도 연극 무대를 잊지 못해 돌아오는 사람들이 적지 않다. 그것은 아마도 관객과 함께 호흡하면서, 관객의 반응을 바로 알 수 있는 연극 무대만이 가지는 특성 때문일 것이다. 무대에서 느끼는 희열을 못 잊어 몸이 힘들어도 다시 무대에 오르는 것이다.

1993년 오태석 선생님이 연출하신 〈백마강 달밤에〉에 출연할 때다. 이 작품은 예술의 전당 토월극장 오픈 기념 공연이었는데, 그간 많은 작품을 했지만 이 작품만큼 힘들었던 기억도 없다. 극장은 보통 먼지가 많고 공기가 탁하지만 토월극장은 새로 지은 극장이라 먼지에다 톱밥까지 날려 더 열악했다. 그때 배우들이 온통 감기를 달고 살았다. 내가 맡은 배역은 소리 지르는 장면이 많았는데 목감기 때문에 소리가 안 나와서, 결국 병원에 의지해야 했다.

너무 힘들어 공연 중에 스테로이드 주사까지 맞아야 했다. 주사를 맞으면 갑자기 힘이 불끈 나면서 날아갈 것 같은 몸 상태가 되지만, 공

〈남사당의 하늘〉에서 배우들은 직접 풍물을 배워 공연을 해야 했는데, 바우 덕이 역을 맡은 난 공연 내내 줄타기를 해야 해서 고역이었다.

연이 끝나고 나면 몸이 더 안 좋아지는 문제가 있다. 어쨌든 〈백마강 달밤에〉를 할 때는 다른 선택의 여지가 없었기 때문에 스테로이드 주사를 맞아가며 힘들게 공연을 끝마쳤다.

배우 생활을 하면서 스테로이드 주사를 참 많이 맞았다. 쉴 새 없이 공연이 이어지다 보면 몸 관리를 잘 못하게 되기 마련이고, 그날그날의 컨디션에 따라 공연하기 힘든 상태가 되기도 한다. 그럴 땐 건강에 좋지 않다는 걸 알면서도 어쩔 수 없이 스테로이드 주사를 맞는다. 무대 예술은 영화와 다르다. 찍어 놓은 걸 보는 게 아니라, 정해진 공연 시간에 관객들과 직접 만나고 소통한다. 이것은 약속이다. 아프다는 이유로 공연을 펑크 내는 것은 관객과의 약속을 스스로 깨는 거나 다름없다. 함께 연극을 만들어 가는 사람들에게 폐를 끼치는 일이기도 하다.

연극은 몸으로 하는 예술이다. 요즈음 영화를 보면 배우들이 실제 연기하기 어려운 장면이나 위험한 장면은 컴퓨터 그래픽으로 처리한다. 기술이 발달되어 어찌나 섬세한지, 배우들이 직접 연기하는 것보다 더 실감날 때 있다. 가령 스파이더맨이 벽을 기어오르는 영상은 배우가 스튜디오 안에서 모션으로 연기하면, 그 위에 컴퓨터 그래픽으로 외부 벽을 넣고, 배경을 넣는다. 하지만 연극에서는 이런 기술을 사용할 수 없다. 직접 몸으로 연기를 해내야 하는 것이다.

극단 「미추」의 〈남사당의 하늘〉을 하면서 나는 와이어에 매달린 채 연기를 해야 했다. 〈남사당의 하늘〉은 우리나라 유일의 유랑 예인 집단인 '남사당'의 첫 여성 꼭두쇠인 바우덕이의 일생을 통해 그들의 삶의 애환을 그린 작품이다. 〈남사당의 하늘〉은 민중놀이의 전통을 마지막까지 이어온 남사당패를 통해 민중 속에 살아 숨쉬는 전통놀이의 예술성과 그 가치를 가늠해 보고자 한 손진책 씨의 역작이자 우리 공연 역사에 길이 남을 작품이다.

이 공연을 위해 「미추」의 전 배우가 1년 동안 남사당패의 실제 공연 레퍼토리인 여섯 가지 놀이(풍물, 버나, 살판, 어름, 덧뵈기, 덜미)를 연습했다. 남사당패는 알다시피 아주 고급한 기예를 구사하는 전문 예인집단으로 그들의 이야기를 연극 무대에 올리니 당연히 그들의 모든 것을 묘사해 내야 했다. 우리는 전문가의 지도를 받는 한편, 우리끼리 풍물, 버나, 살판, 어름, 덧뵈기, 덜미 등을 맹연습해 남사당의 놀이를 익혔다.

바우덕이 역할을 맡은 나는 연극이 진행되는 내내 줄타기를 해야 했다. 물론 안전을 위해 와이어를 달고 했지만, 그게 더 고역이었다. 그 때만 해도 와이어 기술이 발달되지 않았던 때라 무거운 장비를 둘러 매고 힘겹게 연기했다. 장비 위에 옷을 갖춰 입으니 몸이 뚱뚱해 보여서 왜 갑자기 그렇게 살이 쪘냐고 묻는 사람들도 많았다.

고소공포증이 있는 난 조금만 높이 올라가도 하얗게 질려 버린다. 그런데 졸지에 줄을 타는 광대 연기를 하려니 정말 힘들었다. 게다가 와이어 무게가 있기 때문에 줄을 타다가 조금만 실수해도 몸이 제 멋대로 핑그르르 돌아 버렸다. 한 회 공연이 끝나고 나면 전 배우가 실신하다시피 바닥에 널부러졌다. 그러나 관객들의 반응은 뜨거웠고 이 작품은 제17회 서울연극제 작품상, 연출상(손진책), 남(김종엽) 녀(김성녀) 연기상, 미술상(윤정섭)을 수상했고. 제30회 백상예술대상 대상, 작품상,

연출상(손진책), 미술상(윤정섭)을 수상했다.

  1994년 폴란드 연출가인 바비츠키가 연출한 〈맥베드〉에 출연할 때 에피소드도 잊을 수 없다. 바비츠키는 우리나라 사람들이 별로 좋아

〈흑인 창녀를 위한 고백〉에서 60대였던 난 30대 창녀 역을 맡아 연기했다.

하지 않는 파충류들을 소품으로 사용하기 위해 유리관에 집어넣어 무대 위에 진열해 놓으려고 했다. 배우들은 기겁할 수밖에 없었다. 결국 박제를 사용하기로 타협을 했고 배우들은 박제된 쥐를 손에 쥐고 연기를 해야 했다. 내 배역은 다행히 쥐를 만지는 장면이 없었다.

쥐를 들고 다니는 마녀 역을 맡은 배우들은 처음엔 무척 징그러워했지만 나중엔 옆에 놓고 태연하게 밥을 먹을 정도로 적응했다.

2011년, 〈흑인 창녀를 위한 고백〉이란 작품도 내겐 특별한 작품이었다. 연출 경력 50년이 넘은 노 연출가 김정옥 선생님의 100번째 작품으로 윌리엄 포크너 원작에 알베르 까뮈가 각색을 했다. 이 작품에서 나는 30대의 템플 역을 맡았다. 그때 나는 60대였는데 30대 역할을 한다는 것 자체가 흔히 있는 일이 아니라 많은 관심을 받았다.

그런데 무대 위에서 연기하고 있는 나를 보고 어떤 무용가가 "넣어도 너무 넣었어." 하는 말을 했다고 전해 들었다. 내 얼굴이 많이 부어 있었는데, 그것을 보고 보톡스를 맞았거나 성형을 한 게 아닌가 하고 오해한 것이다. 60대가 30대 배역을 연기한다니, 젊은 역할을 소화하기 위해 그런 시술을 받았다고 생각한 듯하다. 하지만 그때 나는 독한 감기에 걸려서 연습 때부터 한 달 간 항생제 등 독한 감기약을 복용했고, 스테로이드 주사의 영향도 있었다. 한 마디로 웃지 못할 해프닝이었다.

뮤지컬에 도전하다

음악, 노래, 무용, 연기. 뮤지컬은 이 네 가지 재능을 고루 갖춘 사람들만이 할 수 있는 장르이다. 때문에 뮤지컬은 연기만 잘해서도, 또 노래만 잘해서도 안 된다. 춤도 잘 추어야 한다. 뮤지컬 배우 중에는 그야말로 팔방미인들이 많다.

지금은 뮤지컬 공연이 많은 관객들에게 사랑받고 있지만, 불과 30~40년 전만 해도 우리나라는 뮤지컬 분야의 불모지나 다름없었다. 제대로 된 뮤지컬을 제작하는 극단도 없었고, 뮤지컬에 맞는 연기와 춤, 노래에 대하여 전문적으로 훈련받은 배우도 찾아볼 수 없었다. 그러니 관객들에게도 뮤지컬은 생소한 장르였다.

1976년도 11월. 나는 극단 「가교」에서 만든 뮤지컬 〈포기와 베스〉에 출연했다. 〈포기와 베스〉는 제2차 세계대전이 끝난 뒤 뮤지컬이 전성기를 이룰 때 만들어진 조지 거쉰의 작품으로 〈서머 타임〉을 비롯한 아름다운 재즈 선율이 유명한 작품이다.

뮤지컬에 대한 기반이 빈약할 때이다 보니 〈포기와 베스〉는 뮤지컬을 전문으로 한 스태프나 배우 없이, 모두 연극 하던 사람들의 손으로 만들어졌다. 나와 함께 무대에 올랐던 박인환, 김진태, 최주봉, 윤문식 씨는 모두 극단 「가교」 소속으로 연극계에서 잔뼈가 굵은 사람들이었다. 우리는 아마추어적인 느낌이 날지라도, 한번 한국적인 뮤지컬을 시도해 보자는 생각으로 열심히 공연을 준비해 무대 위에 올렸다. 흑인 남자 역할을 맡은 최주봉 씨는, 연습 때는 한 번도 보여 주지 않은 흑인 특유의 걸음걸이를 공연 당일 날 무대 위에서 보여 줘서 사람들을 모두 놀라게 만들기도 했다. 알고 보니 다른 배우들 몰래 혼자 꾸준히 연습해 온 결과물이었다. 정말 열심히 노력하는 배우다.

'베스'라는 흑인 여자 역할을 맡은 나는 머리를 퍼머하고, 얼굴에 검은 분장을 한 채 무대에 섰다. 뮤지컬을 한 번도 해본 적 없는 사람들이 준비한 작품이지만, 관객에게 어설프게 보여선 안 되기에 최선을

1976년 아직 우리나라 뮤지컬 기반이 빈약할 때 연극 배우들이 만들어 무대에 올린 〈포기와 베스〉에 출연한 모습. 오른쪽 사진은 배우 박인환 씨와 함께.

다해 노래하고, 춤추며 내가 맡은 배역을 연기했다. 내 오랜 무대 경력의 한 페이지가 될 뮤지컬 경력은 그때부터 본격적으로 시작되었다.

그리고 1995년, 나는 〈7인의 신부〉라는 작품으로 조선일보에서 주는 뮤지컬 대상 여우주연상을 수상하는 영광을 맛보았다. 호암아트홀 개관 10주년 기념으로 공연된 〈7인의 신부〉는 여러 모로 나에게 잊을 수 없는 작품이다. 극단 「신시」에서 제작한 〈7인의 신부〉는 남경주, 전수경 등 현재 한국 뮤지컬을 대표하는 배우들이 출연했던 작품이다.

〈7인의 신부〉는 한국 뮤지컬 역사에서 중요한 의미를 갖는 작품이다. 뮤지컬 배우로서 전문적으로 훈련받은 배우들이 이 작품을 통해 본격적으로 세상에 이름을 알리기 시작했기 때문이다. 당시 한국 뮤지컬 작품들에 출연한 배우들이 대부분 연극 배우였다는 점을 생각해 보면, 〈7인의 신부〉가 갖는 의미는 보다 명확해진다. 연극 배우들이 주도해 왔던 한국 뮤지컬의 흐름이, 이 작품을 시작으로 뮤지컬 배우들의 손으로 넘어가게 된 것이다.

〈포기와 베스〉에서 〈7인의 신부〉에 이르기까지, 뮤지컬이라는 장르가 우리나라에 상륙하고, 융성하게 된 과정을 보고 있으면 마치 뮤지컬이라는 장르는 서양의 전유물인 것같이 느껴진다. 하지만 생각해 보면, 우리나라에도 뮤지컬과 같은 장르가 있었다. 춤과 노래, 연기를 동시에 한 작품에서 선보이는 장르가 있었다.

동양의 연희 예술, 특히 우리의 전통 연희는 노래와 춤, 극이 분리되어 있지 않다. 애초에 세 가지 요소가 합쳐져야 비로소 성립되는 것이 전통연희다. 강릉의 관노가면극놀이나, 고성의 오광대놀이, 북청사자

뮤지컬 〈7인의 신부〉에서 박영규(아래)
씨와 호흡을 맞췄다. 이 작품으로 난 뮤
지컬 대상 여우주연상을 수상했다.

놀이 등은 모두 춤과 노래, 연기로 이루어져 있다. 탈춤도 마찬가지다. 그 춤 속에는 소리와 율동, 미술적 조형미까지 다양한 예술 장르의 요소들이 총체적으로 어우러져 있다.

그러나 일찌감치 뮤지컬을 발전시켜 온 서양 국가들, 특히 영국이나 미국과 달리 우리나라는 한 발 늦게 뮤지컬을 시작했다. 우리가 이제 막 창작 뮤지컬을 만들고 있을 때 영국 웨스트엔드에서는 〈오페라의 유령〉, 〈캣츠〉, 〈레미제라블〉, 〈미스 사이공〉 같은 공연으로 천문학적인 돈을 벌어들이고 있었다.

후발 주자임에도 우리나라 뮤지컬은 빠른 속도로 발전해 나갔다. 해외에서 흥행한 인기 작품들을 들여와 공연하기 시작했다. 배우나 스태프, 공연장 등 관련된 인프라도 신속하게 확충되었다. 그러면서도 '우리만의 뮤지컬'에 대한 고민은 함께 커져 가고 있었다.

아쉬움으로 남는 두 작품

1980년대 우리 사회는 암흑기나 다름없었다. 군사독재가 막을 내리고 '서울의 봄'으로 상징되듯, 민주화 시대를 기대했던 국민들은 곧이어 들어선 또 다른 군사정권에 의해 큰 좌절을 맛보아야 했다. 5월 광주처럼 반민주 반인권 행위들이 정권에 의해 자행되던 시절이었다.

예술계는 당시 검열 제도가 있어 표현의 자유는 엄두도 못 낼 시절이었다. 영화, 음악, 연극, 미술, 문학 등 모든 장르에 조금이라도 정권의 입맛에 맞지 않으면 가위질을 했다.

뮤지컬 〈에비타〉는 군부 독재정권 이야기와 체 게바라가 등장한다는 이유로 막을 올린 지 3일 만에 당국에 의해 강제로 막을 내려야만 했다. 사진은 페론 대통령 역을 맡은 유인촌 씨와 나.

〈에비타〉는 바로 그때 올려진 뮤지컬 작품이었다. 〈에비타〉는 아르헨티나 후안 페론 대통령 영부인 에바 페론의 일대기를 다룬 뮤지컬로, 1978년 뮤지컬계의 거장 앤드루 로이드 웨버와 팀 라이스가 호흡을 맞춰 만들었다. 팀 라이스는 〈에비타〉를 자신의 최고작으로 꼽을 정도로 한 여인의 삶을 드라마틱한 가사에 담아 냈다. 열다섯에 집을 떠나 서른셋에 모든 것을 이루고 불꽃 같은 삶을 마감한 에바 페론은 아르헨티나에서는 성녀와 악녀로 양 극단의 평가를 받지만, 아르헨티나 노동자의 대모로 추앙을 받았다. 이 뮤지컬에는 체 게바라가 에비타의 관찰자이자 작품 해설자로 등장한다. 에비타가 부르는 〈돈 크라이 포 미 아르헨티나〉라는 아름다운 선율의 노래는 전 세계 사람들의 사랑을 받으며 오래도록 불려지고 있다.

1981년 12월, 이 작품을 무대에 올렸다. 나는 주인공 에바 페론 역을 맡았고, 조영남, 유인촌 씨와 함께 공연 연습을 하고 있었다. 에바 페론이라는 배역이 가진 강렬한 매력에 사로잡혀 있던 나는, 그 어느 때보다 열정을 다해 연기에 임했다.

윤복희 씨는 공연을 준비하는 과정에서 여러 가지로 나에게 많은 도움을 주었다. 무희 출신이었던 에바 페론 역을 소화하기 위해선 춤이 필수였다. 윤복희 씨는 나에게 밤새 춤을 가르쳐 주었고, 고가의 기다란 밍크코트를 무대 의상으로 빌려 주기도 했다.

〈에비타〉는 외국에서 체류하던 조영남 씨가 한국으로 귀국하는 계기가 되기도 했다. 체 게바라 역을 맡은 조영남 씨는, 맡은 배역을 한번 잘해 보겠다며 의욕을 드러냈다.

뮤지컬 〈돈키호테〉에서 알돈자 역을 연기해 그해 백상예술대상에서 뮤지컬 부분 인기상을 수상함으로써 나는 뮤지컬 배우로서 한 걸음 더 나아갈 수 있었다.

그런데 문제가 발생했다. 독재정권 이야기를 다루고 있는 데다 체 게바라 같은 인물이 등장하는 〈에비타〉를 군사정권에서 곱게 바라보지 않았다. 결국 이 작품은 공연을 시작한 지 3일 만에 강제로 막을 내려야 했다. 당시는 이런 어처구니없는 상황을 당해도 어디 항변할데도 없었고, 심지어 언론에 기사화도 되지 않았다. 그저 힘없이 당할수밖에 없었다.

만약에 〈에비타〉가 정상적으로 공연을 마쳤다면 나는 꾸준히 뮤지컬에 출연해, 지금쯤 연극 배우보다 뮤지컬 배우로서 더 널리 이름을알렸을지도 모르는 일이다.

그러나 1985년, 나는 뮤지컬 〈돈키호테〉에서 알돈자 역을 연기해 그해, 백상예술대상 뮤지컬 인기상을 수상함으로써 뮤지컬 배우로서 한

걸음 더 나아갈 수 있게 되었다.

1990년, 극단 「미추」는 새로운 장르에 도전했다. 〈영웅 만들기〉라는 창작 뮤지컬을 제작한 것이다. 1년 여의 준비 끝에 무대에 올린 이 작품은 민간 극단에 의한 창작 뮤지컬 공연으로는 흔치 않은 일이라는 점에서 주목을 받았다.

〈영웅 만들기〉는 한국적인 창작 뮤지컬 만들기를 목표로 기획된 작품으로, 부의 권력 구조에 편승하려다 결국은 양심을 회복해 가는 두 젊은이의 이야기를 첨단 영상 시스템을 도입하여 무대화했다. 당시로서는 파격적인 시도였다. 지금은 다양한 창작 뮤지컬 작품이 관객들의 사랑을 받고 있지만, 당시에는 우리가 직접 이야기를 만들고, 곡을 붙

극단 「미추」에서 만든 우리나라 최초의 창작 뮤지컬 〈영웅 만들기〉는 높은 작품성에도 불구하고 일부 음악이 표절이라는 것이 밝혀져 아쉽게 막을 내렸다.

인 창작 뮤지컬은 거의 전무했다.

남들이 하지 않는 창작 뮤지컬을 만들려고 하니, 그 과정이 순탄할 리가 없었다. 대본에서부터 음악, 연기에 이르기까지 도전과 모험의 연속이었다.

배우 캐스팅도 문제였다. 전문 뮤지컬 배우가 거의 없는 상황에서 그나마 노래 잘하고 춤 잘 추는 연극배우들을 캐스팅했다. 하지만 막상 모아 놓고 공연을 해 보니 문제가 많았다. 배우들은 춤과 노래 등 뮤지컬이라는 장르에 맞게 숙달되기까지 많은 시간과 노력이 필요했다.

뮤지컬은 연기만큼이나 음악이 중요한 장르다. 음악은 나중에 모 방송국 악단장을 역임한 유명한 작곡가가 맡았는데, 그가 작곡해 온 음악들이 내용에 딱 들어맞고 너무 좋아서 단원들이 모두 깜짝 놀랐다.

그런데 알고 보니 그 음악들 중에 일부가 표절곡이었다. 당시는 저작권에 대한 것이 명확할 때가 아니라 가요에서 몇 소절 표절하는 일이 드물지 않았던 시절이었다. 아마 그 작곡가도 큰 문제가 아니라고 생각한 것 같다. 그런데 문제는 어떤 곡의 경우에는 일본 곡과 아예 똑같아서, 객석에서 "이거 일본 노래 아니야?" 하는 소리가 나왔다.

〈영웅 만들기〉는 센세이션을 일으켰다는 소리를 들을 만큼 많은 사람들의 관심을 받았고, 연일 매진 사례를 이루면서 완성도에 있어서도 좋은 평가를 받았다. 창작 뮤지컬의 불모지나 다름없는 공연계에서 처음으로 볼 만한 우리 뮤지컬이 등장한 것이다.

〈영웅 만들기〉는 참 잘 만들어진 창작 뮤지컬로 백상예술대상 작품상까지 받았으나, 표절 문제로 우리 스스로 대표작 리스트에서 빼 버린 것은 두고두고 아쉬운 부분이다.

지금 생각해 보면, 〈영웅 만들기〉를 공연하며 겪었던 일련의 사건들은 뮤지컬에 대한 인식이 명확하지 않던 시절에 일어난 촌극이었다.

최승희, 그 전설의 이름

　배우들은 연기하는 동안 자신의 역할에 완벽하게 몰입한다. 그러기 때문에 어떤 배우들은 연기가 끝나도 한참 동안 그 배역에서 빠져나오기 힘들어 하기도 하고, 심지어는 우울증을 앓기도 한다.

　나도 마찬가지다. 배역을 맡으면 완벽하게 그 사람이 되려고 노력한다. 2003년 뮤지컬 〈최승희〉에서 나는 전설적인 무용가인 최승희 역할을 맡았다. 남편 손진책 씨가 무려 14년이라는 시간 동안 야심차게 준비해 온 '한국적인 뮤지컬' 작품이었다. 일제시대에 세계적인 예술가로 활동한 최승희는 동양의 5대 여걸로 불릴 정도로 대단한 열정과 예술혼을 가졌고, 드라마틱한 삶을 살았다. 최초로 서구식 현대적 기법의 춤을 받아들여 창작하고 공연한 최승희는 8·15 해방 이전의 한국 무용계를 주도했다. 그녀는 〈거친 들판에 가다〉, 〈칼춤〉, 〈승무〉 등의 작품을 잇달아 발표하여 조선의 정취를 담았다는 찬사를 받았고, 월북 후 북한과 중국의 신무용의 기초를 확립하는 등 무용극 창작에 힘썼다. 그녀가 우리에게 알려진 것은 해금 이후이다. 월북한 이력 때문에 우리에게는 잘 알려져 있지 않다가 월북 예술가에 대한 해금 조치가 이

전설적인 무용가인 최승희 일대기를 다룬 뮤지컬 〈최승희〉에서 최승희 역을 맡았다.

루어진 뒤 새롭게 조명되었다.

　그녀의 삶은 연극 무대에 올리기에 충분히 매력적이었다. 손진책 씨는 그녀의 삶을 무대에 올리려고 했으나 쉽지 않았다. 그녀의 삶을 두 시간짜리 연극에 녹여 내기에는 역부족이었다. 연극으로 올려야 할지, 음악극으로 해야 할지, 수없이 고민하고 좌절하면서도 손진책 씨는 최승희의 삶을 놓지 않았고 마침내 14년이나 지나서야 무대에 올리게 되

뮤지컬 〈최승희〉에서는 최승희의 유명한 작품인 〈보살춤〉을 재현했다. 사진 왼쪽은 최승희 선생으로 오해를 받은 내 사진이다.

었다. 그동안 무대 위에 서서, 〈춘향이〉는 물론 〈에비타〉까지 온갖 배역을 다 소화해 냈었고, 남자 연기까지 해봤었다. 그러나 전설의 무희, 세계를 휘어잡은 조선 여자 등의 수식어가 붙는 최승희 역할은 내겐 영광스러운 일이기도 했지만 부담 또한 적지 않았다. 최승희의 자료들을 보며 그녀가 범접할 수 없는 아름다움을 지녔다는 것을 느꼈다. 그리고 아무리 내가 최승희처럼 하려고 해도 안 될 것 같았다. 나는 최승희를 흉내내는 김성녀가 아니라 김성녀로서 최승희를 표현해야겠다고 생각했다.

뮤지컬 〈최승희〉 포스터 사진.

　그리고 주인공을 맡은 내가 조금이라도 어설픈 모습을 보이면 안 된다는 생각에 필사적으로 준비했다. 최승희는 동양 무용의 전통을 확립한 무용가로 널리 알려져 있다. 나는 그녀가 만든 보살춤, 노사공, 초립동의 춤 등을 배웠는데, 보살춤을 출 때는 실제 최승희가 입었던 진주 보석 박힌 의상을 본 떠 만든 무대의상을 입기 위해 7kg을 감량해야 했다.

　그런데, 무대 세트의 전환 문제 때문에 보살춤을 다른 배우들의 앙상블로 대체하려고 했다. 나는 보살춤을 추지 못한다면 최승희라는 작품을 하지 않겠다고 선언했다. 비록 전문적으로 훈련 받은 무용가도 아니고, 배꼽을 내놓고 춤추고 싶을 만큼 젊은 나이도 아니지만 내가 직접 최승희가 되어 보살춤을 선보여야 관객들에게 감동과 신뢰를 전할 수 있을 것이라 생각했다. 며칠 간의 투쟁 끝에 무대 디자인을 바꾸고, 마침내 감격의 보살춤을 출 수 있었다.

그렇게 힘들게 무대 위에 선보인 최승희는 다행히도 많은 관객들의 사랑을 받았다. 정말 한국형 창작 뮤지컬을 만들어 냈다는 생각에 나도, 남편도, 단원들도 마음이 뿌듯했다.

2002년에는 일본 뮤지컬 〈게이오년의 흩어지는 구름〉에 초대되어 공연을 하였다. 이 뮤지컬에서 나는 '나비' 역을 맡아 연기를 했는데, 낯선 이국의 말로 낯선 연출가와 배우들과 호흡을 맞추는 것은 또 하나

일본 뮤지컬 〈게이오년의 흩어지는 구름〉에 출연하여 일본어로 연기를 했다.

의 도전이었다. 하지만 언어의 장벽을 딛고 연기를 해냈을 때의 보람은 매우 컸다. 이 뮤지컬의 출연은 내게 아주 특별한 선물을 안겼다. 이 뮤지컬의 작가인 후쿠다 요시유키가 자신의 작품인 〈벽 속의 요정〉을 해보라고 권한 것이다. 이로 인해 연기 인생 30년 기념으로 이 작품을 손진책 씨에게 선물받았으니, 참으로 특별한 인연이 된 셈이다.

2007년 출연한 〈댄싱 새도우〉 또한 한국적인 뮤지컬을 만들고자 하는 극단 「신시」 박명성 대표의 노력의 일환으로 기획되었다. 이 작품은 차범석 선생님의 희곡 「산불」을 극작가 아리엘 도르프만이 각색하고, 작곡가 에릭 울프슨, 연출가 폴 게링턴 등 외국 아티스트들이 참여해 만들어진 뮤지컬이다. 한국전쟁 당시, 소백산맥 자락에 위치한 한 촌락에서 벌어지는 일을 담은 작품, 「산불」을 외국인들의 시선으로 재해석한 것이다. 우리의 이야기를, 뮤지컬이라는 서양의 장르에 접목시키는 의미 있는 실험이었다. 이 작품은 한국 뮤지컬 대상 시상식에서 최우수 작품상을 받았다. 뮤지컬이라는 틀을 통해 우리만이 할 수 있는 이야기를 해보고자 했던 노력이 인정받은 것이다.

영화와의 오래된 인연

2000년 춘사영화제에선 〈공동경비구역 JSA〉를 연출했던 박찬욱 감독, 〈춘향뎐〉의 촬영감독인 정일성 씨, 〈박하사탕〉의 주연배우 설경구 씨, 〈해피엔드〉의 전도연 씨 등 한국 영화계의 내로라 하는 분들이 수상의 영예를 안았다.

그런데 그 수상자 명단 중에는 내 이름도 포함되어 있었다. 나는 그해 〈춘향뎐〉의 월매 역할로 춘사영화제 여우조연상을 받았다. 김성녀라는 내 이름 석 자를 보고, 사람들은 좀 낯선 느낌을 받았을지도 모른다. 나를 좀 아는 사람은 마당놀이만 하는 줄 알았더니 영화도 찍었구나, 할 것이다.

나도 '영화'로 상을 타게 될 줄은 꿈에도 생각하지 못했다. 오랫동안 배우로 살면서 연극이나 마당놀이 외에도 다양한 장르에서 활동해 왔지만, 영화와 드라마는 사실 아르바이트나 다름없었다. 연극 한 분야에만 몰두해 온 남편 대신 가족의 생계를 책임져야 했던 시절, 나는 간간이 TV 드라마나 영화에 출연하면서 생활비를 벌어 왔다. 그런데 바로 그렇게 아르바이트로 생각했던 영화로 상을 타게 되니 기분이 묘

했다.

사실 내가 영화와 인연을 맺은 지는 아주 오래되었다. 〈김삿갓〉이라는 영화에 단역으로 출연했던 것이 대여섯 살 때이니, 연극 무대에 어머니의 아역으로 오를 당시였다. 어릴 적에 우리 형제, 자매들이 삼촌이라고 부르던 분이 계셨는데, 삼촌은 어머니의 팬으로 우리 가족과도 가깝게 지냈다. 그분 덕분에 나는 영화에 출연하게 된 것이다. 영화 스태프로 일을 하던 삼촌이 하루는 영화에 출연할 어린이 배우가 필요하다면서 나를 영화 촬영 현장으로 데리고 갔다. 그때는 나이가 워낙 어렸을 때라 무슨 영화인지, 누가 출연하는지도 몰랐다. 나는 김삿갓이 밥을 한 그릇 얻어먹으러 들른 어느 집안의 딸 역할이었다. 그때 찍은 장면이 아주 재미있었다. 김삿갓이 맛있게 밥을 먹는 모습을 내가 애절한 눈빛으로 바라보지만, 김삿갓은 아랑곳 않고 밥그릇을 깨끗이 다 비워 내가 서럽게 우는 장면이었다.

난 이 영화를 찍었다는 것을 오랫동안 잊고 있었다. 그러다가 얼마 전, 내 동생이 EBS에서 언니가 나오는 영화를 봤다고 연락을 해왔다. 영화를 많이 하지 않았기 때문에 대체 무슨 영화인지 궁금했다. 방송사에 연락해서 테이프를 받아 보니 〈김삿갓〉이었다. 브라운관 속에서 울고 있는 어린 시절의 내 모습을 보며 손바닥을 탁 쳤다. 아주 오랫동안 잊고 있었던 기억들이 고스란히 되살아났다.

그 후 〈한네의 승천〉으로 배우 데뷔를 하고, 「국립창극단」을 거쳐 「국립극단」에 들어갈 때까지 나의 모든 연기는 오로지 무대 위에서만 이루어졌다. 스스로도 내 연기의 뿌리는 연극이라고 생각했고, 무대 위에 설 때 가장 마음이 편하고 진정한 '내 일'을 하는 느낌이 들었다.

당시만 해도 연극계에선 영화나 TV 일을 좀 낮게 보는 경향이 있었다. 많은 사람들이 카메라를 상대로 하는 연기는 진짜가 아니라는 생각을 하고 있었던 것이다. 나도 마찬가지였다. 그런데 「국립극단」에 잠시 머물렀던 한 프랑스 연출가를 만나면서 영화, TV 연기에 대한 내 생각이 조금씩 바뀌기 시작했다.

그는 자신의 본업은 연극이지만 아르바이트를 한다고 했다. 그는 연극 외의 모든 일을 아르바이트라고 표현했는데 거기에는 영화나 TV 연기도 포함되어 있었다. 너무나 아무렇지도 않게 '아르바이트'라고 말하는 그의 태도가 마음에 들었다. 연극을 한다는 건 물론 의미 있는 일이나, 배가 고픈 것이 사실이다. 그때 나는 막 결혼을 한 후 생활고에 시달리고 있었던 터라 그의 이야기가 더 절실하게 와 닿았다.

그후로 난 영화나 TV 드라마에도 최선을 다해 임했다. 단지 연극 대신 돈을 벌기 위한 아르바이트라고 할지라도 그 또한 연기를 할 수 있는 소중한 시간이었다.

금동이 엄마

내가 본격적으로 TV 연기를 시작하게 된 건 국민 드라마라고 불릴 정도로 오랫동안 인기를 끌며 방영된 〈전원일기〉에 '금동이 엄마' 역할로 출연하면서부터다. 한 시간짜리 단막극에 작은 역할을 맡아 용돈벌이를 하던 때였는데, 평소 내 연기를 눈여겨보았던 〈전원일기〉의 김한영 PD가 캐스팅 제의를 해왔다.

처음에 금동이 엄마라는 역할은 에피소드 한 편에만 출연하는 것으로 되어 있었기 때문에 부담없이 출연 제의를 받아들일 수 있었다.

금동이 엄마는 멸치 행상을 하며 근근이 살아가는 사람으로, 오래전 자신이 버리고 떠난 아들 금동이가 보고 싶어 〈전원일기〉의 무대인 양촌리를 찾는다. 나는 주로 금동이 주변을 배회하며 먼발치에서 아들을 바라보는 장면을 연기했다.

연극 연기에 비해 TV 연기는 진지함이 덜하고 가볍다는 편견을 가지고 있던 나는 〈전원일기〉를 통해 만난 김혜자, 최불암, 김수미 씨 등을 통해서 그런 생각을 점차 바꾸게 되었다. 그들은 누구보다도 프로의식이 투철했고, 자신이 하는 일에 확고한 신념을 갖고 있었다.

한 번은 김혜자 씨와 마주 보고 대화를 나누는 장면을 촬영하게 되었다. 본 촬영에 앞서 연습을 하는데, 내가 멸치 장사를 하며 겪은 이런저런 이야기를 늘어놓으면, 김혜자 씨가 가만히 들어 주는 장면이었다. 한참 대사를 읊다가 나를 보고 있는 김혜자 씨와 눈이 마주쳤는데, 나는 말할 수 없이 슬프고 처량해져 눈물을 흘렸다. 김혜자 씨는 짧은 순간 연기를 하고 있었지만 금동이 엄마 이야기에 진심을 담아 귀를 기울이고 있었던 것이다. 어떻게 생각하면, 그냥 응시만 해도 될 것을 진정을 담아 연기를 하고 있었다. 그분의 눈을 본 순간 나는 완전히 내 배역에 몰입되었던 것이다. 이런 연기는 상대 배우를 배려하지 않으면 나올 수 없다. 튀기 좋아하는 배우들은 상대방이 대사를 하는 순간에도 자신이 돋보이기 위해 다양한 설정을 하면서 오버 연기를 한다. 그러나 김혜자 씨는 그윽한 눈빛 하나로 나로 하여금 눈물을 쏟게 만들었다. 그때 이런 연기가 참 좋은 연기구나 하는 것을 깨달았다.

금동이 엄마는 시청자들로부터 열렬한 반응을 이끌어 냈다. 당시 소속되어 있던 「국립극단」 단원들도 나를 보며 금동이 엄마가 너무 불쌍하다며 슬퍼했을 정도였다. 곳곳에서 금동이 엄마를 고정 출연시키는 게 어떻겠냐는 이야기도 나왔다. 그러나 〈전원일기〉의 작가와 PD는 '업둥이'라는 금동이의 캐릭터를 더 부각시키기 위해선 금동이 엄마가 자주 출연하는 것이 좋지 않다는 결론을 내렸다.

한국방송공사에서 방영된 〈지금 평양에선〉이라는 드라마는 내게 새로운 변화를 가져왔다. 「국립극단」을 그만두게 되는 결정적인 계기

북한의 실상을 드라마화해 인기를 끌었던 〈지금 평양에선〉에 출연하여 최은희 역을 연기했다. 사진은 당시 출연진들과 찍은 사진으로, 배우 최민수의 어머니인 고 강효실 씨(맨앞 가운데) 얼굴도 보인다.

가 된 것이다. 〈지금 평양에선〉은 북한과 관련된 여러 가지 실화를 극적으로 구성해 방송하던 드라마였는데, 나는 당시 큰 화제를 불러일으킨 최은희 납북 사건을 다룬 에피소드에 최은희 역할로 출연하게 되었다. 「국립극단」에 몸담고 있던 나는 TV 출연하는 것이 녹록지 않았다. 그러나 최은희 에피소드가 특집으로 한 편만 나가기로 되어 있어 출연하기로 결정했다.

내가 출연한 에피소드는 높은 시청률을 기록하면서 세간에 화제가 되었다. 그 바람에 곤란한 상황이 생겼다. 시청률에 고무된 방송국에서 최은희 역할의 출연 분량을 더 늘리기로 결정한 것이다.

그때 「국립극단」에서 공연하던 연극에는 내가 맡은 배역이 없었기 때문에, 나는 최은희 역할을 더 해야겠다고 생각했다. 그리고 이런 생각을 극단에 말했더니 TV와 「국립극단」 중에 하나를 선택하라는 대답이 돌아왔다. 「국립극단」에서 월급을 받고 있는 몸이니 지나가는 단역이라도 맡아서 공연에 참가해야 하지 않느냐는 것이었다.

나는 고민 끝에 TV를 선택했고 「국립극단」을 그만두었다. 연극에선 맡은 배역이 없었지만 TV에는 이미 최은희로 얼굴을 내보냈다. 그런데 다음 편부터 최은희의 얼굴이 다른 배우로 바뀐다는 것은 상상할 수 없는 일이고, 도의적으로 안 되는 일이라고 판단했다.

별정직 공무원으로 안정적인 보수를 받을 수 있었던 「국립극단」을 떠나는 심정이 유쾌하지는 않았다. 그러나 한편으로 나는 자유의 몸이 되었다. 내가 하고 싶은 공연, 연기는 물론이고 TV 연기까지 자유롭게 할 수 있게 된 것이다.

악역 배우

드라마에서 악역을 맡은 배우들이 길거리나 식당에서 봉변을 당하는 경우가 종종 있다. 악역 연기를 잘할수록 더 그렇다. 그것은 오히려 배우에게 독이라기보다 약이 된다. 그만큼 연기를 잘했다는 뜻이기도 하니까. 지금은 악역을 맡고 싶어 하는 배우들도 있다. 악역은 대개 개성이 강하기 때문에 자신의 연기력을 보일 수 있는 좋은 기회가 되기도 한다. 하지만 과거에는 그렇지 않았다. 악역을 맡으면 CF가 끊긴다는 것이 그 이유였다.

〈지금 평양에선〉을 마친 뒤 난 그 유명한 박경리 선생 원작인 〈토지〉에 출연하게 되었다. 어린 서희의 집안 재산을 노리고 들어와 괴롭히는 조준구의 아내 홍씨 역이었다. 악역이었지만 나는 어디까지나 본업이 연극 배우라고 생각하고 있었으니 CF가 들어오든 말든 크게 상관하지 않았다.

내가 맡은 홍씨는 정말 악랄하고 교활했다. 그 역할을 하고 나면 온몸의 기가 빠져나가는 것 같았다. 한번은 내가 어린 서희의 뺨을 때려 눈물을 흘리게 만드는 장면이 있었다. 아무리 연기라지만 어린 아이를 무섭게 후려치는 것이 쉽지 않았다. 그래서 때리는 시늉만 하고 있자니, 아이 눈에서 독기나 분노가 뿜어져 나오질 않았다. 보다 못한 연출가가 "진짜 때려!" 하고 소리를 질렀고, 나는 어차피 찍을 거 빨리 하고 끝내자는 생각으로 서희의 뺨을 세게 때렸다. 내가 독하게 뺨을 치자 마침내 서희의 눈에서 분노가 뿜어져 나왔다. 그때 어린 서희 역할을 맡은 배우가 현재 성인 연기자로 활동하고 있는 안연홍이었다.

〈토지〉에서 나에게 얻어맞은 것은 서희뿐만이 아니었다. 하인 역할을 하던 전원주 씨를 비롯해 많은 연기자들이 나에게 두들겨 맞았다. 비록 CF는 들어오지 않았지만, 내가 독하게 하니 드라마가 전체적으

드라마 〈토지〉에서 조준구의 아내 홍씨 역할을 맡아 악랄하고 교활한 연기를 해 시청자들의 미움을 사기도 했다. 어린 서희 역을 맡은 안연홍(앞)과 최참판 댁 부인 역의 반효정 씨(뒷줄 오른쪽)와 함께.

로 긴장감이 높아졌고, 매회 높은 시청률을 기록했다.

악역을 맡은 연기자로서 독하게 연기하는 것은 당연한 일이었지만, 부작용이 만만치 않았다. 그때 나는 〈토지〉와 마당놀이 공연을 병행하고 있었는데 마당놀이 공연을 하러 가면 어르신들이 얄미워하는 눈초리로 나를 노려보거나 등짝을 후려쳤고, 식사를 하러 들른 밥집에선 내 밥만 쏙 빼놓고 주지 않기도 했다. 사람들이 그만큼 드라마에 몰입했다는 증거였다.

〈토지〉가 끝난 뒤, 〈일월〉이라는 드라마에서 기생들을 훈련시키는 권번 선생 역할을 맡았다. 그 드라마에서 나에게 소리와 춤을 배운 기생들 중에 이재은이라는 아역 배우가 있었다. 그런데 이재은은 재미삼아 소리를 몇 구절 가르쳐 주면 제법 잘 따라 했다. 우리 소리에 천부적인 자질을 타고 난 것이다.

그때 이재은에게 소리를 한 번 배워 보라고 권유했다. 연기는 원래 잘했으니까, 소리까지 익히면 배우로 살아가는 데 훨씬 도움이 될 것 같았다. 그 만남을 계기로 재은이는 명창 이춘희 선생님 제자로 들어갔고 훗날 국악예고에 진학해 정식으로 소리를 배웠다.

이재은과의 인연은 꾸준히 이어져서 몇 해 전, 난 그녀의 결혼식 주례를 서기도 했다. 이 결혼도 사연이 있다. 연기자로 활동하던 이재은은 내가 중앙대 교수로 취임했을 무렵, 우리 학교 국악과로 편입했다. 국악예고 이후 잠시 중단했던 우리 연희에 대한 공부를 이어가고 싶었던 것이다. 그때 국악과 수업에 들어오던 교수진 중에 전통 무용을 하는 이경수 씨가 있었는데, 이재은과 점점 친해지더니 서로 맺어지게 되었다.

　드라마를 하면서 만난 좋은 사람들이 많지만, 그 중에서도 이재은은 참 특별하고, 잊을 수 없는 인연이다. 어린 시절부터 보기 시작해서, 시집 가는 모습까지 지켜보았으니 각별할 수밖에 없다.

마지막 드라마 〈서울 뚝배기〉

연극, 뮤지컬, 영화, 드라마 등 다양한 장르에서 바쁜 나날을 보내면서도, 내가 한 가지 놓지 않는 것이 있었다. 그것은 바로 학업이었다. 고등학교 졸업 후 대학을 가지 못했던 나는 언젠가 기회가 되면 반드시 학업을 이어야겠다고 생각했다.

1985년, 나는 단국대학교 국악과에 늦깎이로 입학했다. 그것도 4년 장학생이었다. 박귀희 선생님에게 국악을 처음 배웠지만 그것을 끝까지 하지 못한 아쉬움도 있었고, 마당놀이를 하면서 국악에 대한 보다 체계적인 공부를 하고 싶은 생각도 들었다.

서른다섯의 나이에 대학을 다니니 재미있는 일도 있었다. 국립극장에서 함께 공연하던 국립 무용단 후배가 교양 과목 출석을 부르며 '체육복 왜 안 입고 왔느냐'고 야단치다 내 얼굴을 보곤 놀랐다. 그는 어느 날은 내게 수업에 들어오지 말라고 하기도 했다.

뒤늦게 시작한 공부라서 그런지 그 시간이 더욱 소중하게 느껴졌다. 나는 대학을 졸업한 뒤 중앙대 대학원에 진학했다.

그때 나는 TV 드라마 〈서울 뚝배기〉에 출연하게 되었다. 주현 씨와

〈서울 뚝배기〉를 끝으로 더 이상 드라마 출연을 하지 않게 되었다. 중앙대학교 국악과 교수가 되었기 때문이다. 사진은 대학 졸업식 날 어머니와.

오지명 씨가 주연을 맡았던 가족 드라마였는데 나는 오지명 씨 동생 (서승현)의 친구 역할이었다. 다른 드라마들처럼 〈서울 뚝배기〉에서도 나는 조연이었고, 비중도 작은 편이었다. 마침 대학원에 들어가서 한창 공부를 하고 있었고, 몇 달 후에는 마당놀이 공연이 예정되어 있었기 때문에 비중이 작은 것이 오히려 반가웠다.

　그런데 막상 드라마가 방영되고 촬영이 진행되다 보니 내가 맡은 배역의 분량이 점점 더 늘어났다. 원래 이 드라마 줄거리는 오지명 씨와 김애경 씨가 맺어지는 것으로 되어 있었다. 그 드라마에서 김애경 씨는 특유의 "안녕하세용~" 하고 콧소리를 섞는 말투로 큰 인기를 끌고 있었다. 그런데 오지명 씨가 작가에게 김애경 씨 말고 나와 맺어지고 싶다며 내용을 수정해 달라고 요구했다. 결국 김애경 씨는 주현 씨와 맺어지고, 내가 맡은 배역은 졸지에 오지명 씨와 맺어지게 되어 버렸다. 나중에 이야기를 들어 보니, 오지명 씨는 나와 맺어지면 CF 동반 출연 제의가 줄줄이 들어오지 않을까 생각했다고 한다. 그런데 CF 제의가 들어온 곳이 없었으니, 그의 기대는 어긋나고 말았다.

비중이 늘어나는 것이 나로서는 마냥 좋지만은 않았다. 출연 분량이 늘어나면서 드라마와 대학원 공부, 마당놀이 공연 준비를 한꺼번에 병행해야 했기 때문이다. 나는 틈나는 대로 노트북 컴퓨터를 펼쳐 놓고 대학원 논문을 썼다. 동료 배우들은 그런 나를 보고 '열심히 산다'며 힘내라고 응원해 주었다.

반면, 공연 때문에 늘 바빴던 나는 연출자에게 사정을 설명하고 내 장면을 먼저 촬영하곤 했는데, 그것을 못마땅해하는 연기자 분들도 있었다. 그 때문에 난 나대로 속이 상했지만 촬영에만 집중했다.

〈서울 뚝배기〉는 끝까지 높은 시청률을 기록하며 성황리에 막을 내렸다. 〈서울 뚝배기〉를 끝으로 나는 더 이상 TV 드라마에는 출연하지 않게 되었다. 중앙대학교 국악과 교수가 되었기 때문이다. 20여 년 가까운 세월 동안 장편 드라마에 출연하면서 틈틈이 TV 문학관, 단막극 같은 작품도 찍었다.

1983년 9월에는 KBS TV문학관을 통해 방송된 〈소리의 빛〉이라는 단막극에 출연했다. 이청준 씨의 소설을 드라마화 한 작품인데, 나는 그 드라마에서 눈 먼 송화 역을 맡아 연기를 했다. 훗날 「국립창극단」 예술 감독이 되어 이청준 씨 원작의 〈서편제〉를 제작하게 되었다. 서편제 속 송화를 보고 있으면, 자연스레 내가 연기했던 송화의 모습이 떠오른다. 어떻게 보면, 참 특별한 인연이라 할 수 있겠다.

임권택 감독의 〈춘향전〉

나는 TV 드라마뿐만 아니라 영화에도 간간이 출연했는데, 영화를 촬영하면서 매우 실망한 적이 있은 후로 영화는 멀리했다. 주연 여배우가 창밖을 내다보면서 눈물을 흘리는 장면을 찍는데, 감독이 액션을 외치자 갑자기 '잠깐, 잠깐!' 하더니 안약을 넣고 그 자리에서 눈물을 주르르 흘리면서 아주 예쁘게 우는 것이었다.

연극 배우인 내게 그 모습은 몹시 충격적으로 느껴졌다. 연극 배우들은 내면에서 느껴지는 것을 자연스럽게 표현하는 것이 너무 당연했기에 안약을 넣고 울거나 하지 않았다. 예쁘게 울기 위해 따로 노력을 하지도 않았다. 코가 빨개지고 얼굴이 밉게 일그러지더라도 그 배역의 입장이 되어서 진심으로 눈물을 흘리는 것이 연기라고 생각했는데 영화 현장은 내 생각과 너무 달랐다.

그때는 이 배우만 저렇게 연기를 하는 건지, 영화 연기라는 것이 원래 그런 것인지 분간이 가지 않았다. 연기는 어디까지나 예술이라고 생각해 왔다. 그런데 안약을 넣고 기다리다 "레디, 액션!" 소리에 맞춰 눈물을 흘리는 모습을 보고 나니 어딘지 모르게 배우가 아닌 기술자

같은 느낌이 들었다. 그때 나는 영화 연기는 못 하겠다고 생각했다.

물론 요즘은 영화 현장도 리얼한 연기를 강조하는 풍조로 바뀌었기 때문에 무조건 기계적으로 눈물을 흘리게 하는 일은 없다. 그러나 옛날에는 그런 일들이 다반사였다. 안약을 넣고 우는 장면을 찍는 것이 당시의 일반적인 영화계 풍조였을 뿐이다.

그후 난 영화와 조금 멀리하게 되었다. 그러다 1999년에 임권택 감독님의 영화 〈춘향뎐〉에서 월매 역할을 맡게 되었다. 오래전 창극단 시절부터 연극, 마당놀이에 이르기까지 '춘향전'과 나는 떼려야 뗄 수 없는 운명이다. 다양한 장르에서 '춘향전' 공연을 해왔고 춘향은 물론, 월매, 이도령까지 중요한 역할은 다 경험했다.

영화 〈사랑할 때 이야기하는 것들〉에 함께 출연한 한석규 씨와 함께.

그토록 여러 번 공연한 '춘향전'을 영화로까지 하게 된 건 임권택, 정일성이라는 두 거장 때문이었다. 한 분야에서 경지에 오른 장인들을 만나 보면 분명히 뭔가 배울 것이 있으리라는 생각이 들었다.

작품을 같이 하면서 과연 내 생각이 틀리지 않다는 것을 확인했다. 〈춘향뎐〉은 작품의 형식 자체가 독특해서 극영화와 판소리가 어우러져 전개되었기에 연기하는 사람도 거기에 맞춰야 했고 임권택 감독과 정일성 촬영 감독 두 거장은 몹시 치밀하고 정교하게 현장을 이끌어 나갔다.

두 거장은 오랫동안 함께 손발을 맞춰 오며 '명콤비'로 불렸지만 현장에서 보이는 성격이나 스타일은 완전히 다르다. 임권택 감독은 아주 낮은 자세로 사람들의 이야기에 귀 기울이고 현장의 모든 것을 포용하는 반면 정일성 감독은 강한 카리스마로 현장을 휘어잡는 스타일이었다. 두 사람의 이런 정반대의 스타일이 잘 조화되어 하모니를 이루는 모습을 보고 참 많은 것을 배웠다. 산 위에 산이랄까, 두 사람을 보면서 나의 부족함을 다시 알게 되었다.

〈춘향뎐〉의 두 주인공, 춘향이와 이도령 역은 신인 배우가 맡았다. 인상적이었던 것은 이도령 역을 맡은 조승우였다. 현장에서 보면 그는 배우로서의 끼도 풍부하고 타고난 감각도 좋았다. 뿐만 아니라 굉장한 노력파였다. 촬영 중간중간 틈이 날 때마다 그는 현장 뒤편에서 이어폰을 꽂고 음악을 듣곤 했다.

그렇게 노력을 아끼지 않았던 조승우가 지금 영화, 드라마는 물론이고 뮤지컬에서 가장 왕성한 활약을 보여 주고 있는 스타가 된 것은 어찌 보면 당연한 결과이다.

영화 내내 판소리가 흐르는 작품이다 보니, 감독님은 현장에서 늘 '춘향가'를 틀어 놓고 배우나 스태프들에게 외우게 했다. 창극이나 마당놀이 공연 같으면, 그냥 노래를 처음부터 끝까지 부르면 그만이겠지만 영화는 컷이라는 개념이 있다 보니 그리 쉬운 일이 아니었다. 감독님은 노래 한 구절, 한 구절이 흘러갈 때마다 분과 초를 재고 이 소리에서 어떤 장면이 들어가야 하는지 철저하게 계산하고 연구하면서 촬영을 했다. 나는 오랫동안 다양한 장르에서 '춘향가'를 불러온 터라 감독님이 시키는 대로 소리를 하면 되었다.

문제는 후반 작업이었다. 현장에서 녹음해 온 소리들을 그대로 쓸 수는 없었다. 나중에 편집된 영화를 보면서 후시 녹음을 했는데, 어떤 부분은 장단이 부족하고, 어떤 부분은 음 높이가 맞지 않았다.

관객 입장에선 고개를 갸웃 하고 그냥 넘어갈 수도 있는 부분이겠지만, 평생 소리를 다뤄 온 내 입장에선 참 아쉬운 대목이었다.

물론 임권택 감독님이나 촬영 현장에 있던 모든 사람들은 할 수 있는 한 최선을 다했다. 초 단위까지 재면서 촬영을 하고 편집을 했으니 말이다. 그런데도 불구하고 이런 옥의 티가 생기는 걸 보면서 음악이 큰 비중을 차지하는 영화를 만든다는 것은 결코 쉬운 일이 아니라는 걸 깨달았다.

참 많은 것을 배우며 찍은 〈춘향뎐〉으로 상을 타면서, 나는 영화라는 것이 참으로 힘든 작업이라는 생각을 했다. 영화 현장에선 단 한 장면을 찍기 위해 추워도, 더워도, 비가 오고 바람이 불어도 수많은 스태프들이 하나가 되어 일을 한다. 궂은 일을 하며 갖은 고생을 다 하면서도 그들이 있기에 영화가 완성되고, 개봉해서 관객과 만나는 것이다. 이후에 한석규 씨가 주연을 맡은 〈사랑할 때 이야기하는 것들〉이라는 영화를 찍으면서도 그런 것을 느꼈다. 그 영화의 변승욱 감독은 그 작품이 입봉작임에도 불구하고 프로페셔널하게 촬영을 진행했다. 자신의 작품에 대해 진지하게 고민을 하고 아주 작은 것도 허투루 하지 않았다.

예전에는 영화계를 영화 '판'이라고 불렀다. 그러나 이제는 더 이상 그렇게 부르지 않는다. 영화라는 것이 엄연한 하나의 예술이고, 거기에서 일하는 사람들도 하나의 당당한 예술인임을 깨닫게 되었기 때문이다. 드라마 현장 또한 마찬가지일 것이다. 자신의 일에 대한 진지한 고민을 가진 수많은 사람들이 순수하게 희생하면서 만들어 내는 것이 바로 영화, 드라마다.

라디오와 TV 진행자

배우로서 왕성한 활동을 하던 시기에, 나는 새로운 제의를 받았다. KBS에서 국악 방송 진행자를 찾고 있었는데, 나에게 연락이 온 것이다. 국악 프로그램은 다른 프로그램과 달리 진행자의 전문성이 필요하다. 진행자는 국악을 충분히 경험해 봤고, 폭넓게 알고 있어야 한다. 아마도 내가 국악을 배운 적이 있고, 그간 연극 무대에서 우리 노래를 불러 왔고, 대학에서 국악을 전공하고 있었기에 나를 적임자로 여겼던 것 같다.

그런 연유로 나는 KBS 라디오의 〈흥겨운 우리 가락〉이라는 프로그램을 맡아 12년 동안 진행했다. 이런 이야기를 하면 사람들은 놀랍다는 반응을 보인다. 그런 프로그램이 있었는지 몰랐다는 것이다. 〈흥겨운 우리 가락〉은 많은 사람들이 폭넓게 듣는 프로그램은 아니었다. 방송 시간대, 러닝타임 모두 들쑥날쑥했고, 국악 전문 방송이다 보니 가요나 팝을 틀어 주는 방송보다 청취자의 숫자가 많지 않았을 뿐, 열성적인 고정 팬을 확보하고 있었다. 그러기에 12년이라는 긴 세월 동안 방송될 수 있었다.

라디오 진행자를 해보지 않겠냐는 제의를 받았을 때, 나는 배우로서 한창 왕성한 활동을 하고 있었다. 물론 그때도 이따금 TV 드라마나 영화에 출연하고 있었다. 나는 라디오도 아르바이트 중 하나로 받아들였다. 당시 내가 맡은 〈흥겨운 우리 가락〉은 전국 방방곡곡 방송되는 프로그램이라 그런지 방송국으로 제법 많은 팬레터가 오곤 했다. 국악을 좋아하는 사람들 입장에서 생각해 보면 자신들이 좋아하는 음악을 틀어 주는 방송이 많지 않으니, 자연스럽게 우리 프로그램에 귀를 기울이게 되지 않았나 싶다.

그 열성적인 청취자 한 명, 한 명과 소통하는 일은 예전에는 해보지 못했던 새로운 경험이었다. 그들이 보내 온 사연과 팬레터를 소개하는 일도 했지만 직접 전화 연결을 해서 청취자들의 다양한 삶의 이야기와 국악에 대한 추억을 나누기도 했다. 연기자 생활을 오래 하다 보니 주로 이 계통의 사람들과만 만나고 대화를 나누며 살았다. 그러다 보니 평범한 일상을 살아가는 사람들의 생활과는 좀 동떨어져 있었던 것도 사실이다. 라디오는 내가 보다 다양한 사람들과 폭넓은 교류를 할 수 있게 해주었다. 청취자들과 대화를 나누며, 나는 사람들과 교감하는 기쁨을 느낄 수 있었다.

국악 프로그램은 세상 사람들과 소통할 수 있는 창구가 되어 준 것 외에, 나에게 또 하나의 값진 경험을 선물해 주었다. 나는 이 프로그램을 진행하면서 민속악부터 정악까지, 다양한 우리 음악을 들을 수 있었고 거기에 대한 다양한 지식을 쌓을 수 있었다. 1년, 2년 프로그램을 진행하면서 점차 귀명창이 되어 간 것이다. 물론 라디오 MC를 맡기

전에도 우리 음악에 대해서 어느 정도 알고 있었지만, 그 폭이 그리 넓지 않았다. 그러나 국악방송을 진행하면서 팔도 민요들, 토속 음악, 일본에 유출되어 있는 고음반 등등 다양한 국악의 면면들을 접하며 우리 소리에 대해 폭넓게 이해할 수 있게 되었다.

아마도 그때 국악에 대한 시야를 넓히지 못했다면, 편파적인 시각으로 내 것만 강조하는 안목을 갖게 되었을 것이다. 그때의 값진 경험이 있었기에 모든 장르에 대한 애정을 갖게 되었다.

KBS 라디오 진행상까지 받은 나는 12년 차 되던 해, KBS측에 하차 의사를 전했다. 뒤늦은 학교 공부와 마당놀이 공연으로 도저히 시간을 내기가 힘들었다. 제작진은 다른 진행자를 찾았으나, 마땅한 사람을 구하지 못해 결국 프로그램이 폐지되고 말아 내내 아쉬움이 남았다.

그 후, 한동안 연기 활동에만 매진하다가 기독교 방송에서 2년 간 라디오 MC를 하게 되었다. 기독교 방송에서 진행했던 프로는 주부들을 대상으로 하는 〈여성시대〉였다. 처음 제안을 받았을 때는 좀 당황했다. 난 불교 신자였기 때문이다. 담당 PD한테 나는 기독교인이 아니라 프로그램을 맡기가 좀 그렇다고 말했다. 그런데 그들은 이 프로그램이 종교와 관련된 것이 아니라 사람들 살아가는 이야기를 듣고, 신청곡을 틀어 주는 프로그램이라고 했다. 지금 생각해 보면, 그 PD는 열린 생각을 가진 사람이었던 것 같다.

종교와 관계없이 나는 즐겁게 프로그램을 진행했다. 생방송이었기 때문에 즉석에서 청취자들과 이야기를 나누고 교류하는 경험은 즐거웠다. 마치 이웃사람처럼, 서로의 사연을 이야기하며 함께 울고 웃는 시간들이 나에게 무척 소중했다.

그런데 이 프로그램은 다소 엉뚱한 이유로 하차하게 되었다. 종교 음악제에 불교측 대표로 찬불가를 불렀는데 그 자리에 있던 기독교 방송 사장이 "우리 방송국 대표 프로그램의 MC가 어째서 찬불가를 부르고 있냐."며 언짢아했다. 그 일로 나는 프로그램 진행을 그만두게 되었다.

너무나도 아쉬웠다. 프로그램 자체는 종교와 무관하였지만 엉뚱한 이유로 진행을 그만두어야 했다. 청취자들과 소통할 수 있는 기회가 아쉽게 사라져 버린 것이다.

중간 중간에 라디오 드라마에 출연해 목소리 연기를 선보이기도 했지만, 라디오 프로를 진행했던 대부분의 시간 동안 나는 진행자로 사람들과 이야기를 나누고 음악을 틀어 주는 역할을 했다. 그 시간 동안 행복했고, 즐거웠다. 지금까지도 라디오는 다시 한 번 도전해 보고 싶은 매력적인 분야다.

반면 TV 방송은 어쩐지 몸에 맞지 않은 옷을 입은 것처럼 불편한 추억으로 남아 있다.

마당놀이를 오랫동안 해오다 보니, 대중들은 자연스럽게 나와 윤문식 씨를 콤비처럼 활동하는 연예인처럼 생각하게 되었던 것 같다. 서민적인 토크쇼를 표방하는 〈아침마당〉에서 보조 진행자 역할을 제안해 왔다. 마당놀이를 하며 쌓은 나의 친근한 이미지가 잘 맞았던 것 같다.

당시 〈아침마당〉에는 엄앵란 씨가 최장수 패널로 활약하고 있었는데, 그 분은 때로는 과감한 직설로, 때로는 다정한 위로로, 때로는 다양한 인생 경험을 바탕으로 한 정곡을 찌르는 명언으로, 시청자들로부터 많은 사랑을 받고 있었다. 그런데 엄앵란 씨가 개인적인 사정으로 프로그램을 하차하게 되자 그 자리를 대신 맡아 달라는 것이었다.

하지만 엄앵란 씨의 역할을 이어받아 하는 것은 쉽지 않았다. 나는 엄앵란 씨만큼 반응을 이끌어 내진 못했다. 엄앵란 씨처럼 오랜 인생 경험에서 우러나오는 살아 있는 지혜를 통해 공감을 이끌어 내기에는 부족하다는 걸 느꼈다. 결국 나는 스스로 하차 의사를 밝히고 〈아침마당〉을 떠났다.

TV 프로그램을 그만뒀지만, 그렇다고 상심하거나 좌절한 것은 아니다. 다만 나에게 맞지 않는 일을 하나 발견한 것뿐이다.

현재 나는 전문 진행자가 아닌 배우, 「국립창극단」 예술 감독으로서 활동하고 있다. 하지만 진행자라는 역할에서 완전히 손을 놓고 있는 것은 아니다. 국악계, 혹은 연극계의 크고 작은 행사가 있을 때 나는 MC로서 마이크를 잡고 무대 위에 선다. 12년에 달하는 라디오 MC 경험이 있기에 행사를 진행하는 것을 크게 어렵게 생각하지 않는다. 세상의 모든 일은 돌고 돌듯이 수많은 청취자, 시청자들과 함께 울고 웃었던 그날들이 나에게 큰 도움을 주고 있다.

마당놀이, 새로운 형식의 극

'김성녀' 하면 많은 사람들이 '마당놀이'를 떠올린다. 그도 그럴 것이 마당놀이는 내 배우 인생에서 가장 많은 비중을 차지하기 때문이다. 그러기에 '마당놀이'는 내 배우 생활의 소중한 자산이기도 하다.

배우에게 평생을 함께 한 무대가 있다는 것은 축복이다. 그리고 수많은 관객들이 세대를 이어가며 찾아 주는 공연에 한결같이 설 수 있다는 것 또한 누구나 누릴 수 있는 일은 아니다. 나와 30년을 함께 한 마당놀이는 그래서 나의 '평생의 무대'라 할 만하다.

처음 마당놀이를 무대에 올린 것은 1981년이다. 이영윤, 김지일 선생이 MBC 방송국 창사 기념일에 올릴 가장 한국적인 공연을 제안했는데, 이는 평소 우리나라 연극계에 온통 서양극만 있는 것을 아쉬워하던 극단 「민예」의 고민과 맞아떨어졌다. 나의 데뷔작인 〈한네의 승천〉도 우리 식의 공연을 만들어 보고 싶었던 「민예」의 고민이 만들어 낸 결과물 중 하나였다. 그런 우리에게 MBC 창사 기념일 공연 소식은 듣던 중 반가운 소식이었다. 극단 「민예」에서 함께 공연을 해오던 나와 남편은 한 번 해보자고 마음을 모았다.

"우리나라 연극이 만날 서양극만 해서야 되겠나, 우리 극을 만들어 보자. 서양 뮤지컬이나 오페라와는 다른, 우리 고유의 정서가 담긴, 전통극의 원형을 찾아서 연극하고 접목시켜서 우리 것을 제대로 만들어 보자."

우리의 정서에 맞는 우리의 극 마당놀이는 시대를 꿰뚫는 해학과 풍자로 대중들의 많은 사랑을 받았다. 사진은 마당놀이 중 길놀이 장면.

그렇게 '마당놀이'의 역사는 문화방송의 창사 21주년 기념 작품으로 시작되었고, 우리는 마당놀이 〈허생전〉을 준비해 무대에 올렸다. 1981년 12월 2일의 일이었다.

배우는 무대 위에서 연기를 하고, 관객은 객석에서 배우들의 연기를 바라보는 방식으로 철저하게 무대와 객석이 분리된 기존 공연의 방식을 깨는 새로운 시도였다. 무대는 관객들의 한가운데 마련되었다. 이는 기존의 무대와는 다른 마당의 열린 공간을 활용한 것이다. 이렇게 함으로써 관객들은 마치 마당에 둘러앉아 있듯이 앉고, 배우들은 마당 한가운데서 공연하는 방식으로 배우와 관객의 경계를 허물 수 있었다. 또한 배우들끼리만 대사를 주고받는 것이 아니라 관객들을 향해 말을 걸어 배우와 관객이 함께 무대를 만들어 가는, 생생한 생명력이 넘치는 공연을 펼쳐 나갔다.

우리 고유의 이야기를 주된 골격으로 삼고 있으니 당연히 입고 있는 옷도 무대 장치도 모두 우리 전통의 것으로 마련했다. 춤과 노래 역시 우리의 것을 기본 바탕으로 하였고, 옛날 이야기를 재현하되 현대인들이 공감할 수 있도록 각색하여 현대화시켰다.

공연은 대성공이었다. 관객들은 열화와 같은 성원을 보내 주었고, 우리는 우리의 실험이 성공했다는 사실에 흥분했다. 이런 성공은 MBC에서도 예상하지 못한 것이었다.

〈허생전〉이 성공하자 MBC는 일회성으로 끝내지 말고 연속극처럼 매주 해보자는 제안을 해왔다. 매일매일 새로운 연속극을 촬영하고 방송을 내보내는 그들 입장에서야 그것이 가능하다고 생각했겠으나,

우리에게는 상상할 수 없는 일이었다.

공연 하나를 준비하려면 아무리 적게 잡아도 족히 서너 달은 걸린다. 우리는 그 사실을 MBC 측에 말하였다. 다행히 MBC에서도 공연의 준비 과정을 이해해 주었고, 우리는 일 년에 한 번 무대 위에 새로운 작품을 올리기로 했다.

마당놀이는 말 그대로 관객과 배우가 넓게 펼쳐진 마당에 모여 앉아 함께 울고 함께 웃으며 신명나게 놀아 보자는 것을 뜻했다. 그리고 많은 분들이 기억하듯, 그 후로 해마다 연말이면 서울 정동 길에는 마당놀이를 보러 오신 관객들이 꼬리에 꼬리를 물고 서 있는 풍경이 펼쳐졌다.

처음 세 번의 공연은 무료 공연이었다. 누구나 부지런하기만 하면 볼 수 있었다. 그런데 매년 사람들이 너무 많이 몰려오자 이대로는 안 되겠다 싶어 입장료를 받기로 했다. 혹여 입장료를 받으면 관객의 수가 줄지 않을까 생각했지만 기우에 불과했다. 관객들은 점점 늘어만 갔다. 마당놀이를 공연할 때마다 매진 행렬을 기록했다. 겨울이면, 강추위에도 불구하고 관객들이 공연장 앞에 길게 줄을 서서 입장을 기다렸고, 여름에는 수많은 관객들이 공연장 주변에 돗자리를 깔고 앉아 기다리기도 했다. 그런 모습을 보는 우리들은 기쁘기도 하고, 찾아주는 분들을 실망시키지 않아야 한다는 마음가짐으로 숙연해지기도 했다.

처음에는 마당놀이가 어르신들을 위한 것이라고 생각하는 분들이 많았다. 맞는 말이다. 어르신들은 흥겨운 우리 가락과 신명나는 춤사

마당놀이 〈심청전〉에서 심봉사 역의 윤문식 씨와 공연하고 있다. 나는 뻥덕어미 역을 맡았다.

위에 취해 함께 춤을 추고 노래를 부르며 공연을 즐기셨다.

그렇지만 마당놀이가 그분들만을 위한 공연은 아니었다. 모든 연령대의 관객들이 함께 즐길 수 있는 공연이었다. 어린 아이들은 익살스런 배우들의 연기와 흥미로운 소품들에서 재미를 느꼈고, 어른들은 아는 이야기라고 생각했던 것이 새로운 내용으로 각색된 것에 즐거워하셨다.

공연을 즐긴 건 어르신들과 아이들만은 아니었다. 당시는 군사정권 아래라 맘 놓고 말할 수 없는 세상이었다. 그런데 마당놀이의 성격상 해학과 풍자가 빠질 수 없었으니 그나마 다른 곳에서 하지도 듣지도 못했던 말들이 우리 공연에서 쏟아져 나오곤 했다. 우리 고전을 바탕으로 극을 만들었지만 그 안에 당대의 세태를 반영하여 풍자하고 아픈 곳을 꼬집기도 했다. 관객들은 열렬히 호응해 주었고, 소문이 소문을 불러 어느 때는 관객 대부분이 젊은 사람들로 꽉 찰 때도 있었다. 그들끼리 어울려 공연이 끝난 뒤 데모를 하러 가는 일도 빈번해지자 언젠가부터는 관객 중에 젊은 사람이 많다 싶은 날에는 전경들이 출동해 주변을 에워싸는 일도 심심치 않게 볼 수 있었다.

지금 돌이켜보면 참 답답했던 시절의 풍경이다. 어쨌든 마당놀이는 선풍적인 인기를 끌었고, 그후 30년 동안 해마다 공연을 하게 되었다.

마당놀이는 전통연희의 형식을 취했지만 어린 아이들부터 나이 드신 어른까지 광범위한 관객층을 확보하며 동시대 사람들과 호흡하고 진화해 왔다. 사진 위는 마당놀이 중 군무 장면, 아래는 〈이춘풍전〉에서.

30년 동안 이어진 마당놀이

〈심청전〉, 〈배비장전〉, 〈별주부전〉, 〈삼국지〉, 〈이춘풍 난봉기〉, 〈춘향전〉, 〈흥보전〉, 〈봉이 선달전〉, 〈쾌걸 박씨전〉, 〈홍길동전〉, 〈마포 황부자〉 등 우리는 지난 30년 동안 우리 고전 소설을 각색한 마당놀이로 신명나는 연극판을 펼쳤다. 판소리 다섯 마당에 해당하는 작품들을 모두 무대 위에 올렸고, 판소리 열두 마당에 속하는 작품도 모두 공연했다.

판소리나 고전 등 우리 것만 고집하지 않았다. 서양의 고전을 우리 정서에 어울리게 각색하는 등 새로운 시도도 했다. 『베니스의 상인』을 각색해 〈마포 황부자〉로 만들었고, 『삼국지』의 한 대목을 다루는 〈적벽가〉를 마당놀이로 만들어 초등학생을 비롯해 청소년들의 사랑을 듬뿍 받았다. 세월이 오래되다 보니 기록도 해마다 바뀐다. 매해 10만 명에 가까운 관객이 찾아 그동안 250여만 명이 마당놀이를 즐겼다. 공연 횟수로는 3,000회를 훌쩍 넘겼다. 더군다나 〈삼국지〉는 중국으로 역수출되기도 했는데, 중국 본토에서 중국 배우들이 만든 마당놀이를 보는 감격은 남달랐다. 중국 사람들은 마당놀이라는 독창적인 무대 양식에 열렬히 큰 호응을 보냈다. 어떻게 자기네 이야기를 이렇게 잘 만들 수 있냐는 중국 사람들의 이야기에 우리는 말로 표현할 수 없는 뿌듯함을 느꼈다.

사실, 처음 마당놀이를 만들기 시작할 때에는 이 공연 장르가 이렇게까지 발전하리라고는 상상조차 하지 못했다. 신기한 건 갈수록 젊은 관객이 늘어난다는 것이었다. 어릴 적 부모를 따라 왔던 이들이 결혼을 하고 아이를 낳은 뒤에는 자신들의 아이들을 데리고 찾아와 마당놀이를 즐겼다. 젊은 사람들은 '마당놀이' 하면 명절날 어르신들이나 가서 보는 고리타분한 공연이라고 생각할 수 있겠지만, 마당놀이는 항상 동시대 관객들과 호흡하며 진화해 왔다. 사람들의 추억을 자극하는 '옛 것'으로 머물러 있었다면 결코 30년이 넘는 역사를 이어오지 못했을 것이다.

그처럼 오랜 세월 동안 마당놀이를 공연했지만, 변하지 않은 것이 하나 있었다. 바로 연출자와 배우다. 마당놀이를 처음 시작할 때부터 연출자는 손진책이었고, 주연 배우는 윤문식, 김종엽이었다.

첫 작품 〈허생전〉에 〈에비타〉의 '에바 페론' 역을 하느라 참여하지 못한 것만 빼고는 30여 년 동안 나 역시 마당놀이 무대를 꼬박 지켜 왔다. 마당놀이 30년 역사 중 29년을 함께 한 것이다. 윤문식의 애드립과 김종엽의 탈춤, 그리고 내 소리는 초창기부터 지금까지 마당놀이의 트레이드마크가 되었다.

첫 작품 〈허생전〉에 참여하지 못한 것을 두고 동료들은 지금도 나를 '배신자'라고 놀리곤 하는데, 그것에는 또 나름의 사연이 있다. 〈허

마당놀이 30년의 두 주역 김종엽(왼쪽), 윤문식(오른쪽) 씨와 함께.

생전〉 연습에 한창 몰두하고 있을 무렵 어느 날, 나에게 뮤지컬 〈에비타〉 출연 제의가 들어왔다. 그것도 주인공 '에바 페론' 역할이었다. 〈허생전〉에서 빠져야 하는 것이 아쉬웠지만 나는 모처럼 들어온 제안을 거절하고 싶지 않았다. 무엇보다 당차고 열정적으로 그려진 에바 페론과, 남자들의 틈바구니 속에서 '여장부' 소리를 들어 가며 나만의 길을 스스로 개척해 온 내 모습이 자꾸 머릿속에서 오버랩되었다. 에바 페론이라는 캐릭터 안에서 나의 모습을 확인하고, 사람들에게 증명하고 싶은 마음이 갈수록 커졌다. 〈허생전〉도 중요했지만, 그때의 나는 누구보다 에바 페론을 잘할 수 있다고 생각했고, 정말로 잘 해내고 싶었다. 주위에서는 모두들 반대하고 나섰다. 중요한 시기에 어딜 가느냐는 분위기였다. 난 한 번 고집을 세우면 꺾을 줄 몰랐다. 남편과 동료들 모두의 만류를 뿌리치고 〈에비타〉에 출연을 했다. 그런데 괜한 욕심을 부렸던 걸까. 이 뮤지컬은 군사정권에 의해 3일을 넘기지 못하고 막을 내려야 했다. 그렇게 허망하게 〈에비타〉는 막을 내렸고, 나는 마당놀이의 산파 역할을 했고 지난 29년 동안 빠짐없이 무대 위에 섰음에도 불구하고, 첫해 공연에 함께 하지 못한 탓에 지금까지도 심심치 않게 놀림을 받고 있다.

TV 사업단과의 갈등

마당놀이가 언제나 좋은 기억만 남겨 준 것은 아니다. 그렇게 첫 공연을 무대에 올린 뒤 10년의 세월이 흘렀다. 처음 〈허생전〉을 공연할 때 모였던 주요 멤버들은 여전히 계속해서 마당놀이 무대를 지켰고, 세상의 변화에 따라 내용은 물론 무대 장치나 소품 등을 계속 수정해 가며 새로운 시도를 해 나갔다. 그런데 문제는 엉뚱한 곳에서 일어났다. 시청자들을 위한 서비스로 사회 환원적 차원에서 시작한 마당놀이가 선풍적인 인기를 얻자 MBC 측에서 사업을 해야겠다고 생각을 바꾼 것이다.

또 마당놀이의 주최측이라 할 수 있는 MBC 사업단 측은 늘 같은 얼굴로만 무대를 채우는 것을 마땅치 않아 했다. 그들은 매진 행렬을 이어가는 우리 공연을 좀더 큰 규모의 공연으로 만들고 싶어 했다. 그러기 위해 소위 말하는 '잘 나가는 스타'들을 무대에 함께 세워야 한다고 생각했다. 그들의 눈에는 오랜 세월 마당놀이의 주연으로 활동하는 우리는 그저 무명의 연극 배우에 지나지 않았으니 좀더 대중적으로 알려진 스타를 내세우는 것이 공연의 흥행을 위해 좋을 것이라는 판단이었다.

도저히 받아들일 수 없는 요구였다. 나를 비롯한 마당놀이에 출연하는 우리 배우들은 모두 우리 전통 연희를 오랫동안 익혀 왔고, 연구해 온 사람들이었다. 그렇게 훈련된 배우들이라야만 마당놀이라는 무대에 설 수 있었다. 잘 나가는 스타들이 몇 번 연습해서 설 수 있는 무대가 아니었다. 그러나 아쉽게도 방송국에서는 자신들의 뜻을 굽히지 않았고, 우리는 결국 MBC 사업단과 헤어져 우리만의 마당놀이를 만들어 나가기 시작했다. 관객들은 여전히 우리를 향해 열렬한 응원을 보내 줬고, 우리는 더욱 더 자신감을 갖고 무대를 꾸려 나갔다.

그런데 또 일은 엉뚱하게 흘러갔다. 우리와 헤어진 후 MBC 사업단은 그들의 뜻대로 유명한 스타들을 섭외해 마당놀이 무대를 만들었지만 기대만큼의 결과는 얻지 못했다. 그러자 MBC 사업단은 우리에게 다시 합치자고 제안을 해왔다. 규모가 작은 우리 극단으로서는 그 제안을 거절하기 쉽지 않았다. 그런데 막상 공연을 함께 하자 또 무리한 요구를 해왔다. 그렇게 몇 차례 반복이 되자 우리는 그냥 우리끼리 해나가야겠다는 생각을 하게 되었다. MBC 사업단은 자신들의 예산으로 공연을 하는 것이니 자신들의 요구를 받아들여야 한다고 생각했겠지만 우리는 돈을 받고 공연해 주는 무대라고 생각한 적이 없었다.

그들과 우리의 생각의 차이는 좁혀지지 않았다. 해마다 이런 갈등을 겪으며 마당놀이를 해 나가는 것이 너무 힘들었다. 무대를 위해 더 고민을 해도 부족한데, 무대 밖의 문제로 자존심을 다쳐 가며 에너지를 낭비할 수는 없다고 생각했다. 생각 끝에 결국 결별을 결정하자 이제

MBC 사업단과의 갈등으로 마당놀이는 MBC의 제작 지원 없이 독자적인 무대를 마련했다. 그럼에도 마당놀이는 매진 행렬을 이어갔다.

MBC 사업단은 '마당놀이'라는 명칭에 대한 소유권을 두고 법정 싸움을 걸어 왔다. 그동안 이 무대를 위해 MBC 사업단이 예산을 집행했으니 그 명칭은 자신들만 사용할 수 있다는 주장이었다. 그냥 두고 볼 수는 없었다. 마당놀이는 오랜 세월 고민해 온 우리만의 무대를 위한 상징과도 같은 이름이었다. 비용을 댔다고 해서 그 이름을 양보할 수는 없었다. 투자를 하고 홍보도 해준 건 사실이지만 그것을 만들고 공연하는 것은 어디까지나 우리였고, 그것은 우리의 것이어야 했다.

막강한 힘을 가진 방송국과 규모도 작은 극단의 싸움은 쉽지 않았다. 그러나 법은 우리의 손을 들어 주었다. 고유명사로 시작한 마당놀이가 이미 일반명사가 되었기 때문이다. 그것으로 끝났다고 생각했다. 그렇지만 MBC 사업단은 쉽게 포기하지 않았다. 우리가 공연을 할 만한 장소를 먼저 대관을 해 버리는 일이 심심치 않게 일어났다. 준비된 공연을 보여 줄 공간을 찾는 것이 어려워졌다. 위기는 그러나 또 다른 기회가 되기도 한다. 우리는 공연장을 찾는 대신 2003년부터 우리만의 전용극장을 만들어 공연을 했다. 상암동에 마련한 극장은 천막으로 만든 가설극장이었다. 그런데 오히려 커다란 체육관에서 공연할 때보다 좋은 점이 많았다. 무엇보다 좋은 건 우리의 공연이 공연장 곳곳에 잘 보이고 잘 들린다는 점이었다. 그동안 우리가 거둔 마당놀이의 성공이 MBC 사업단의 지원 덕분이 아니라 우리 노력의 결과물이었음을 확인하고 싶었다. 그렇게 정성껏 만든 그해 공연은 예전과 다름없이 매진 행렬이 이어졌고, 우리를 지탱해 준 유일한 힘은 오로지 관객들의 사랑과 호응이라는 것을 다시 한 번 절실하게 깨닫게 되었다.

30년의 마침표, 그리고 새로운 시작

2010년, 마당놀이가 어느덧 30주년을 맞았다. 그간 우리는 해마다 새로운 공연을 무대에 올렸고, 관객들의 사랑은 여전했다.

그러나 우리는 30주년 공연을 끝으로 마당놀이를 과감하게 그만두기로 결정했다. 새로운 이야기를 시대에 맞게 수정하는 것은 가능하지만 무대에 서는 배우들에게 세월의 흐름은 거스를 수는 없는 것이었다.

세월은 누구에게나 공평하게 흐른다. 30년 전 한창이었던 우리에게도 세월은 비켜 가지 않았고, 다음을 준비해야 할 때가 왔음을 알고 있었다. 언제까지 우리가 마당놀이를 할 수 있는 것은 아니었다.

마당놀이는 길놀이로 시작하고, 진행자가 나서서 펼쳐질 극에 대해서 설명을 하며 등장인물과 해학적으로 대화를 주고받기도 하고, 또한 뮤지컬 형식으로 중간중간 노래를 부르기도 하는 등 온갖 장르가 버무려져 있다. 우리 전통 연희의 특징인 해학과 풍자는 마당놀이에서 빼놓을 수 없는 요소이다. 이렇게 복잡한 구성의 공연을 하려면 배우들 개개인의 역량은 물론이고, 배우들 간의 연기 호흡이 무척이나 중

높은 인기를 누리며 매년 매진 행렬을 이어가던 마당놀이는 30년 만에 막을 내리기로 결정했다. 새로움에 대한 고민 때문이었다.
왼쪽은 〈홍길동전〉의 한 장면, 아래는 윤문식 씨와 콤비를 이뤄 연기를 하는 장면.

요하다. 관객에게는 휴지부의 시간조차도 배우에게는 연기의 시간이다. 마당놀이가 대중들에게 사랑을 받은 것은 바로 그런 점 때문이다. 어설픈 연기, 어설픈 내용이었다면 그처럼 오랫동안 사랑을 받지 못했을 것이다.

해마다 새로운 공연을 올리기 위해 고군분투하는 동안 우리를 대체할 만한 배우를 키우지 못한 것이 큰 숙제로 남겨졌다.

고민에 고민을 거듭한 끝에 2008년에 공연할 〈심청〉의 주연 배우를 공개 오디션을 통해 뽑기로 했다. 마당놀이의 미래를 이끌어 갈 새로운 얼굴을 발굴하기 위한 시도였다. 그동안은 새로운 배역이 필요하면 그에 어울릴 만한 극단 「미추」 배우들에게 맡겨 왔기 때문에 오디션은 처음 해보는 시도였다. 이 오디션을 통해 민은경이라는 새로운 심청이 등장했고, 나는 뺑덕어멈 역을 맡아 함께 무대에 올랐다.

심청 역을 맡은 민은경의 마당놀이 데뷔는 성공적이었다. 신예라고 믿어지지 않을 만큼 아름다운 노래를 들려주었다. 그렇게 우리는 새로운 마당놀이를 향해 가고 있었다.

하지만 마당놀이가 딱 30주년을 맞이한 2010년. 마당놀이에 잠시 마침표를 찍기로 했다. 함께 한 모두에게 쉬운 결정은 아니었다.

지난 30년, 참 숨가쁘게 달려온 시간이었다. 그리고 이것으로 끝이 아니라 지나온 세월만큼, 아니 그보다 더 오래 앞으로 달려가기 위해서는 다시 돌아보고 정리할 시간이 필요했다.

시대가 변했으니 우리와 오랜 세월 함께 해 온 마당놀이에도 근본적인 변화가 필요했다. 관객들은 아쉬워했고, 관객들만큼이나 아니, 그보

〈흥부전〉에서 연기하는 모습.

마당놀이는 해외 순회 공연에서도 높은 인기를 구가했다. 미국 순회 공연을 마친 뒤 관객들의 열렬한 호응에 답하고 있는 모습.

다 더 많이 우리는 아쉬워했다. 그렇지만 이제 새롭게 정비를 해야 할 때가 되었다는 것이 우리들의 생각이었다.

우리는 그동안 관객들이 보내 준 성원에 보답하고자 그간의 공연 중 가장 인기 높았던 〈춘향전〉, 〈심청전〉, 〈이춘풍전〉, 〈변강쇠전〉, 〈홍길동전〉 등 대표작들을 메들리로 절묘하게 엮은 새로운 고전 해학극 마당놀이 〈마당놀이전〉을 만들었다.

마당놀이의 대명사로 자리잡은 윤문식 씨, 김종엽 씨, 그리고 나, 우리 세 사람은 심혈을 기울여 고별 무대를 준비하였고, 공연은 대성황을 이루었다.

그리고 4년. 우리는 오랜 휴지기를 마치고 국립극장에 의해 〈심청이 온다〉라는 작품으로 다시 관객들 앞에 섰다. 33년 전의 첫 마당놀이 제작진인 손진책 씨를 비롯하여, 안무가 국수호, 작곡가 박범훈 씨가 다시 뭉쳤다.

우리는 원래 한을 흥으로 푸는 민족이다. 신명나게 이야기를 풀어가는 마당놀이는 그런 우리 민족의 기질과 잘 맞아떨어진다. 더욱이 마당놀이는 시대정신을 반영하고, 사회 문제 등을 풍자한다. 관객들이 같은 형식의 마당놀이 공연을 매번 새롭게 느끼는 이유도 그 때문이다. 어떻게 보면 서민들의 속풀이 마당이라고 할 수 있다.

최근 우리 사회는 '땅콩 회항'과 같은 소위 갑질 사건들이 난무하면서 서민들은 어려운 살림에 마음마저 신산한 시절을 보내야 했다. 그래서 그런지 2014년 12월 20일, 4년 만에 무대에 올린 마당놀이는 국립극장 해오름극장의 1,548석 전석 매진을 이루며 관객들의 큰 호응을 받았고, 총 26회 공연을 하는 동안 관객 점유율이 99.1%에 달하는 기록을 달성했다. 특히 땅콩 회항 사건을 풍자한 "청아, 땅콩은 접시에 담았느냐?"라는 대목에서는 관객들의 큰 웃음과 호응을 이끌어 냈다.

무엇보다 뺑덕 역을 맡은 서정금·김성예, 심청 역의 민은경·황애리, 심봉사 역의 송재영·김학용 등의 차세대 배우를 배출한 것은 큰 수확이었다.

국립극장의 내 사무실 벽에 공연이 매진될 때마다 배우와 스태프들에게 나누어 준 '만원 사례' 봉투를 붙여 놓은 포스터들이 걸려 있다. 이는 오랜 공연계 전통이다. 내 재임 기간에 공연한 「국립창극단」의

공연이 매진될 때마다 배우와 스태프들에게 나누어 준 '만원 사례' 봉투를 붙여 놓은 포스터. 이중 〈심청이 온다〉 봉투에 가장 애착이 간다.

작품 중에서는 〈다른 춘향〉, 〈배비장전〉, 〈장화홍련〉 등 매진 작품들이 많지만 그중 이번 마당놀이 공연인 〈심청이 온다〉의 봉투에 가장 애착이 간다. 마당놀이가 나와 남편 손진책 씨에겐 자식과도 같기 때문이다.

이제 마당놀이는 새로운 30년을 시작했다. 30년 간 마당놀이를 이끌었던 배우들 대신 젊은 배우들이 그 30년을 이끌어 갈 것이다.

「국립창극단」 예술 감독에 부임하다

2012년 11월 27일. 국립극장 해오름 극장은 쌀쌀한 겨울 날씨를 뚫고 공연을 관람하러 온 수많은 관객들로 가득 차 있었다. 이날은 내가 예술 감독으로 부임한 이후 첫 번째로 기획한 창극 〈장화홍련〉이 처음으로 세상에 공개되는 날이었다.

무대는 파격 그 자체였다. 어둡고 음산하게 꾸며진 무대 위에서 배우들은 사랑과 질투, 분노와 같은 인간 본연의 감정들을 노래와 연기를 통해 생생하게 펼쳐 보였다. 한복을 곱게 차려입은 배우들이 우리 장단에 맞추어 이야기를 풀어 내는 고유의 창극을 상상하고 온 관객들은 적지 않게 당황했을 것이다. 배우들은 일상복 차림으로 연기했고, 중간 중간 공포영화를 연상케 하는 사운드 효과와 샤워나 살해 장면과 같은 영화에서나 나올 법한 장면들이 펼쳐지기도 했으니 말이다.

공연이 펼쳐지는 내내, 나는 초조한 마음으로 무대 뒤에서 서성이고 있었다.

지나치게 파격적인 시도는 아니었을까? 과연 관객들이 우리가 의도한 대로 새로운 창극, 재미있는 창극을 보고 돌아갈 수 있을까?

한태숙 씨가 연출한 창극 〈장화홍련〉은 「국립창극단」 예술 감독으로 부임해 첫선을 보인 작품으로, 기존 전통극 형식의 창극에서 벗어난 새로운 창극이라는 평을 받았다.

온갖 생각이 머릿속을 스쳐 지나갔다. 평생 배우를 천직으로 생각하며 마당놀이, 연극, 뮤지컬 등등 장르를 가리지 않고 무대에서 관객과 호흡했다. 그러다가 2012년 3월, 「국립창극단」 예술 감독직을 맡아 처음으로 무대 위가 아닌 무대 밑에 서게 되었다. 나는 예술 감독이라는 자리가 부담스럽기도 했지만, 마치 연어가 고향을 찾아 먼길을 떠나오듯이 34년 만에 몸담았던 「국립창극단」에 다시 돌아오니 마치 고향에 돌아온 듯한 느낌이었다.

내가 창극에 입문한 것은 1978년이다. 당시 극단 「민예」에서 배우로 첫걸음을 내디뎠던 나는 그때 인연이 된 김동애 씨의 추천으로 창극단에 들어가게 되었다.

여성 국극의 대모라 불리는 어머니 밑에서 태어나 어린 시절부터 춤과 소리가 어우러진 우리 음악극에 익숙했기에, 내게 창극이라는 장르는 그리 낯설지 않았다. 요즘 사람들은 잘 모르겠지만 창극은 100년의 역사와 전통을 지닌 우리 고유의 공연 장르로, 판소리가 바탕이 된 음악극이다.

「국립창극단」은 1962년 「국립국극단」이라는 이름으로 만들어졌다. 김연수, 김소희, 박초월, 박초선, 임유앵, 김득수, 정권진 등 당대를 대표하는 명인들이 거의 모두 참여했다. 판소리 다섯 마당(춘향가, 심청가, 흥보가, 수궁가, 적벽가)을 중심으로 한 판소리 창극과 고대 소설이나 설화를 창극화하는 작업을 주로 했다.

처음 창극단에 들어간 나는 나이 지긋한 대선배 명창들 사이에서 정신없이 창극단 분위기에 적응해 갔다. 그런데 입단한 지 얼마 되지도 않아 〈춘향전〉의 춘향이 역으로 덜컥 캐스팅이 되었다. 실력을 제대로 검증받아 본 적도 없는 신인 배우가 춘향이를 한다고 하니, 극단 안에서 크게 반발이 일어났다. 원로 단원들이 아직 박자도 모르는 사람한테 무슨 춘향이를 시키느냐고 볼멘소리를 했다. 그러자 나에게 처음으로 우리 가락을 가르쳐 주셨던 박귀희 선생님은 "그럼 내가 박자도 못 가르친단 말이오!"하고 화를 내셨다. 중간에서 난 이러지도 저러지도 못한 채 안절부절못하고 있었다.

국립창극단 시절 〈강릉매화전〉에 출연할 당시 판소리 스승인 오정숙 선생님이 딸 지원이를 안고.

그때 창극단에는 지금 한창 명창으로 이름을 날리는 안숙선 씨가 있었다. 원로 단원들은 소리에 능한 안숙선 씨에게 춘향 역을 맡겨야 한다고 주장했다. 논쟁이 격렬해지는데 안숙선 씨가 단원들 앞에 서더니 "제가 한 마디 하겠습니다." 하고 말을 꺼냈다.

"소리는 내가 더 잘하지만, 춘향이 역에는 김성녀가 더 어울립니다. 나는 이번에 향단이 역할을 하겠습니다."

안숙선 씨가 말을 마치고 자리에 앉자 시끌벅적하던 장내가 조용해졌다.

치열하기로 치면 그 어느 분야보다 치열한 곳이 예술계이다 보니, 그곳에서 주인공 역을 누군가에게 양보한다는 것은 정말 어려운 일이다. 선뜻 나서서 말을 해준 안숙선 씨가 고맙기도 하고, 대단해 보이기도 했다. 당시 안숙선 씨는 창극단 내에서도 손꼽히는 소리꾼이었다. 그런 그가 직계 후배이자 신입 단원이기도 한 나에게 선뜻 주인공 자리를 양보한다는 것은 쉬운 일이 아니었을 것이다.

이후 4년 간 창극단에 머물면서 다양한 공연에 참여해 수많은 배역을 연기했다. 당시 창극단은 판소리 다섯 마당을 기본으로 〈춘향전〉, 〈심청전〉 같은 인기 레퍼토리를 반복해서 공연했다. 그중에서도 〈춘향전〉은 잊을 수 없는 레퍼토리다. 다양한 장르를 거치며 춘향이, 이도령, 변사또, 월매 등 거의 모든 배역을 연기해 보기도 했는데, 그 과정에서 재미있는 에피소드도 많았다.

한번은 이도령으로 여배우인 김동애 씨가 캐스팅 된 적이 있다. 그때 내가 춘향이 역할을 하고 있었으니 여자와 여자가 진한 멜로 연기를 선보여야 했다. 당시 연출을 하신 이원경 선생님께서 기존에 없던 파격적인 〈춘향전〉을 만들어 보고자 다양한 시도를 했던 덕분이었다. 문제는 이도령과 춘향전의 이별 장면이었다. 서로를 바라보며 키스신을 해야 하는데, 아무리 배역이 이도령이라지만 상대는 여배우였다. 1980년대 초였으니 당시로선 파격적인 캐스팅이었고 연기하는 나나, 상대 배우나 여러 가지로 곤혹스러웠던 경험이었다.

막 큰애를 낳고 산후 조리도 제대로 안한 채 허겁지겁 〈춘향전〉에 출연한 나는 퉁퉁 부은 얼굴로 무대 위에서 연기를 해야 했는데, 그 때문에 무슨 춘향이가 저렇게 부황이 났냐는 소리가 들리기도 했다. 하지만 무대 위에서는 누구보다 애절한 멜로를 선보여야 했고 어떤 방법을 써서라도 꽃다운 춘향이가 되어야 했다. 나를 지우고 배역을 입는 것, 그것만이 관객과 함께 호흡하고 울고 웃을 수 있는 유일한 길임을 그렇게 다양한 상황을 겪어 가며 체득해 나갔다.

무대에서 온 힘을 쏟고 나면 사실 일상생활로 돌아와서 쓸 에너지가 바닥나곤 한다. 특히 원로 선생님들과 선배들로 가득한 창극단 생활은 긴장의 연속이었기에 또래 친구가 무척 그립고 소중했다. 창극단 생활을 하며 나는 안숙선, 김동애 씨와 친하게 지냈는데, 우리 셋 다 한 살 터울로 4년 동안 찰싹 붙어 다니며 친자매나 다름없는 사이가 되었다. 지방 공연이나 해외 공연을 나가면 한 방에 묵으며 밤새 이야기꽃을 피우다 함께 잠들곤 했다.

나이 많은 선생님, 선배들에게 둘러싸여 매일 연습과 공연으로 하루하루를 보냈지만 우리 셋 모두 20대 중반의 젊은 아가씨들이었으니,

창극단 생활이 마냥 편하고 좋을 리가 없었다. 그렇지만 우리 끼리 있을 때만이라도 깔깔거리며 웃고 맘껏 떠들 수 있었기 때문에 4년이라는 시간을 잘 보낼 수 있었던 것 같다.

만남은 언제나 헤어짐을 전제로 하듯, 창극단에서 4년의 시간을 보내고 난 뒤, 「국립극단」으로 소속을 옮겼다.

창극단은 같은 레퍼토리를 반복하여 공연하는데, 그것이 나에게는 잘 맞지 않았다. 이 길이 정말 내가 가야 하는 길인지 고민에 고민을 거듭한 끝에 결단을 내렸다. 4년이라는 짧지 않은 시간 동안 창극 공연을 하면서 실력이 계속 제자리걸음을 하는 것 같은 느낌이 들기도 했기 때문에 이제는 뭔가 변화가 필요한 시기라는 생각이 들었다.

그렇게 「국립창극단」을 떠난 지 34년 만에 다시 창극단 예술감독으로 취임하여 다시 돌아오니, 가슴이 뜨거워졌다.

「국립창극단」에 부는 변화의 바람

세월은 흘러 잔뜩 긴장한 채 무대 위에 섰던 보송보송하던 춘향이
는 이제 흰머리가 드문드문 보이는 나이가 되었다. 오랫동안 창극단을
떠나 있던 내가 예술 감독으로 부임하자 창극계 여기저기서 걱정과
우려의 목소리들이 들려왔다. 그도 그럴 것이 젊은 시절, 잠시 창극단
에 몸담았을 뿐 나는 연극계에서 대부분의 커리어를 쌓아 온 사람이
었다. 정통 국악인이 아닌 사람이 중요한 직책을 맡아 좋지 않은 결과
를 초래하지 않을까 하는 마음에 그런 목소리들이 나왔을 것이라 짐
작되었다.

「국립극단」에서 본격적으로 연극 연기를 시작하면서 창극과는 조
금씩 거리가 생기기 시작했다. 하지만 난 어려서부터 창극의 기본이
되는 우리의 전통 연희를 익혀 왔고 그것을 바탕으로 연기와 소리를
했다. 또한 마당놀이를 통해 창극의 기반인 다섯 마당을 지속적으로
공연해 왔다.

손진책 씨와 함께 자식처럼 키워 온 마당놀이는 전통 연희에 기반
을 둔, 창극과 비슷한 형태였다. 우리는 창극에 바탕을 두고 그것이 보

다 대중들에게 가까이 다가갈 수 있도록 새로운 형식으로 재탄생시켰다. 그 결과 국악은 고리타분하고 지루하다는 일반인들의 인식을 바꾸고, 국악도 얼마든지 재미있고 신나게 즐길 수 있다는 것을 보여 주었다. 처음에 마당놀이는 연극계에서도 국악계에서도 외면을 받았다. 하지만 30년 동안 묵묵히 그 길을 걸어온 결과 마당놀이는 연극계, 국악계로부터 인정을 받을 수 있었다.

중앙대학교 국악대학 교수로 재직하며 학생들과 함께 판소리 다섯 마당을 현대적으로 해석하기 위해 다양한 실험도 했다. 이는 모두 골동품으로 여겨지는 우리 고유의 소리와 춤, 이야기를 어떻게 하면 요즘 사람들도 가까이 하고 즐겁게 누릴 수 있도록 할까 하는 숙제를 풀기 위한 나름대로의 노력이었다. 그리고 창극이야말로 우리 공연 예술의 주도적 역할을 담당해야 한다고 생각한다.

「국립창극단」에서 나를 불러온 것도, 이런 노력을 인정했기 때문이라고 생각한다. 정체되어 있는 것은 죽은 것이나 마찬가지다. 창극은 100년 남짓의 역사를 지녔지만, 언젠가부터 정형화된 이야기와 비슷한 연기, 똑같은 소리를 반복하며 제자리에 멈춰 서 있었다. 관객은 점점 줄어들고, 대다수의 사람들은 창극이 무엇인지 정확히 알지 못하고 있다. 이대로 놔 두면 창극은 시간의 흐름 속에 사장될 것이 뻔했다.

나는 창극이라는 고여 있는 물을 다시 흐르게 해야겠다고 결심했다. 전에 없었던 새로운 시도, 파격을 통해 창극을 이 시대 대중들로부터 사랑받을 수 있도록 새 단장하고 싶었던 것이다. 내가 이런 생각을 할 수 있었던 것은 창극에 몸담은 내부인이 아닌, 외부인의 입장이었기 때문이다. 창극의 현실을 누구보다 객관적이고 냉정하게 바라보았기에 개선해야 할 문제점이 눈에 들어왔다.

처음 부임했을 당시 창극단 단원들 간의 걱정와 우려는 나를 고민하게 만들었다. 그런 상태에서 단원들을 통솔해 작품을 준비하려니 여간 힘든 게 아니었다. 그래도 예술 감독이라는 자리에 오른 이상 내 일을 해야 했다. 단원 한 명, 한 명과 이야기를 나누고 그들의 말에 귀를 기울였다. 그리고 차근차근 조직을 재정비했다.

나는 예술감독 일을 시작하면서 새로운 창극을 만들기 위한 네 가지 목표를 세웠다.

첫째는 우리의 판소리 다섯 마당을 세계적인 연출가들에 의해 새롭게 재해석하는 것이고, 둘째는 지금은 유실된 일곱 개의 이야기를 복원하여 새롭게 창작해 공연하는 것이다. 셋째는 세계 명작들을 우리의 정서와 감각에 맞는 창극으로 만드는 것이고, 넷째는 청소년 창극을 만들어 청소년 관객에게 우리 창극을 소개하는 것이다.

나는 이를 목표로 하나하나 준비해 나갔다. 그리고 전임 감독이 준비하고 있던 독일의 세계적인 오페라 연출가인 아힘 프라이어가 연출한 〈수궁가〉에 이어, 내가 예술 감독으로 처음부터 끝까지 참여해 한태숙 연출의 〈장화홍련〉을 무대에 올렸다.

그 결과 〈장화홍련〉 최초로 전석이 매진되면서 창극 역사에 기념비적인 흥행 기록을 세웠다. '장화홍련'이라는 익숙한 이야기를 스릴러적인 시각으로 재해석한 이 공연으로 언론의 주목을 받았다.

"「국립창극단」 50년 역사상 최고의 파격(중앙일보)."

"기존 창극에서는 상상하기 어려울 만큼 소름끼치는 어둠을 창조했다(동아일보)."

이후 창극단은 유실된 일곱 개의 이야기 중, 이병훈 연출의 〈배비장전〉을 현대적인 감각으로 각색해 무대 위에 올려 관객들로부터 재미있고 유쾌한 창극이라는 찬사를 받았다. 무엇보다 좋았던 것은 매표소 앞에 길게 늘어선 줄이었다. 창극 공연장을 찾는 관객들의 숫자가 전과는 비교할 수 없을 정도로 늘어났다.

고선웅 연출의 〈옹녀〉는 창극 역사상 가장 긴 한 달 가량의 장기 공연을 시도했는데 역시 마지막까지 관객의 매진 행렬이 이루어졌고, 창극 역사상 처음으로 차범석 희곡상까지 수상했다. 세계적인 명장 안드레이 서반의 〈다른 춘향〉도 찬반 양론의 논쟁이 들끓는 가운데 춘향의 새로운 해석으로 높이 평가받았고, 관객 역시 뜨거운 참여로 함께 해주었다.

소리꾼의 일대기를 다룬 윤호진 연출의 〈서편제〉는 이청준 씨의 소설과 임권택 감독의 동명 영화로 널리 알려진 작품으로, 창극에 가장 잘 어울리는 옷이라는 평가를 받았다.

서재형 연출의 〈메디아〉는 서양의 고전 희곡을 창극으로 소화한 작품으로 '오페라의 위기'라는 평이 나올 정도로 평단과 관객의 열렬한 찬사를 받았다. 서양 희곡을 우리 식으로 표현하는 것은 결코 쉬운 일이 아니었기 때문에, 작품에 쏟아진 호의적인 반응에 뿌듯함을 느꼈다.

〈장화홍련〉에서 지금 공연되고 있는 정의신 연출의 〈코카서스의 백

묵원)에 이르기까지, 내가 준비한 모든 작품들은 매진 행렬을 기록했다. 무엇보다도 잊혀져 가던 창극을 사람들 앞에 다시 선보이고, 그들이 관심을 가질 수 있도록 만들어 냈다는 점에서 보람을 느낀다. 특히 뮤지컬 관객부터 연극 관객까지 관객층이 폭넓어진 데 큰 보람과 기쁨을 느낀다.

창극을 떠났었지만, 창극단 생활을 하며 선생님들에게 배운 우리 가락과 소리는 내 몸과 마음에 고스란히 남아 '배우 김성녀'를 지탱해 온 한 축이 되었다. 연극을 하고, 마당놀이를 하면서 가끔 선생님들을 찾아뵐 때면 실컷 가르쳐 놓으니 다른 일만 한다고 꾸중을 듣곤 했다. 오랜 세월이 지나 창극단 예술 감독으로 일하면서 창극의 발전에 힘을 보태고 있으니, 어찌 보면 선생님들께 받은 은혜를 이제야 갚고 있구나 싶기도 하다. 그래서인지 창극을 생각하면 자연스럽게 '업'이라는 단어가 떠오른다. 그리고 나는 확신한다. 창극이야말로 한국 공연 예술의 주류가 될 수 있다는 것을.

평생을 함께 한 친구들

"빨리 가려면 혼자 가고 멀리 가려면 함께 가라."는 말이 있다. 사람은 혼자 살 수 없다. 잠시 잠깐 어떤 일을 잘 해낼 수는 있어도 그것을 오랜 세월 지속시켜 나가는 것은 혼자만의 힘으로 할 수 없다. 옆에 있는 사람들과 도움을 주고받으며 서로 힘을 합쳐 꿈과 목표를 이루어 나가는 것이 인생이다. 나는 인생의 대부분을 무대 위에서 보냈다. 모든 삶이 그렇지만, 특히 배우는 혼자의 힘으로 무대를 만들어 낼 수 없다.

참으로 많은 사람들과 함께 일을 했고, 그중에서도 몇몇은 아주 오랜 세월 동안 동고동락을 해 왔다. 사람들은 배우 생활을 오래 했으니 내 주변에 사람들이 많을 거라고 생각한다. 그러나 난 무대 밖에서 사람들과 개인적인 시간을 많이 갖지 못했다. 늘 다음 무대를 위한 준비가 나를 긴장하게 했고, 최고의 컨디션을 유지하기 위해서는 무대에 서는 시간만큼 몸을 아껴야 했다. 그래서 많은 사람들과 폭넓게 사귈 기회가 많지 않았다. 사생활이라는 것이 따로 없이 일터가 전부인 삶을 살아왔기 때문에 일터에 있는 동료들과 함께 할 때가 가장 마음이

윤문식(가운데)과 김종엽(오른쪽)은 마당놀이를 30년 함께 하면서 가족보다도 오랜 시간을 함께 보내며 평생을 보냈다.

편했고, 그들은 자연스레 마음을 나눌 수 있는 친구가 되었다.

함께 무대에 서며 더 나은 무대를 위해 치열하게 고민하며 지내 온 이들과의 관계가 내 인간 관계의 전부가 되었고, 그들과 함께 보낸 세월의 두께만큼 쌓인 관계의 깊이 덕분에 나는 외롭지 않게 무대에서 열심히 배우의 삶을 살아 왔다. 그래서 지금 내 옆에 있는 이들이 나의 동료이면서 누구보다 가까운 친구인 셈이다.

그중에서도 30년이 넘는 세월 동안 가족처럼 가깝게 지내온 이들이 있다. 마당놀이를 함께 만들고 잘 키워서 지금까지 무사히 지켜온 사람들. 내 인생에서 가장 오래 서 온 무대가 마당놀이이니 그 무대를 통해 만난 친구를 말하지 않을 수 없다. 이들이야말로 내 무대 인생을 말할 때 빼놓을 수 없는 영원한 동지들이다. 그들이 있어 나는 사람과의 관계에 갈증을 느끼지 않고 살아올 수 있었다.

윤문식과 김종엽이 없었다면 내 인생은 어땠을까. 모르긴 몰라도 지금보다 훨씬 외로운 나날이었을 것이다. 마당놀이 공연을 하면서 만난 그들은 가족보다도 더 오랜 시간을 함께 보내며 평생을 살았다.

이들과의 인연은 마당놀이를 기획하기 시작할 무렵으로 거슬러 올라간다. 처음 마당놀이를 준비할 때는 극단 「민예」와 「예그린」의 단원들이 주축이 되어 공연을 만들고 있었다. 그런데 이전까지 없었던 새로운 무대를 만들려다 보니 우리만으로는 힘이 부쳤다. 마당놀이는 철저하게 전통 연희를 바탕에 둔 공연이다. 그런데 전통 연희, 우리의 소리와 춤이라는 것이 한두 달 훈련한다고 되는 것은 아니다. 평생을 두고 연구하고 집요하게 연습해야 자연스럽게 몸에 익는 것이다. 극단에서는 나를 포함해 무대의 주역을 맡을 배우들을 찾았고 김종엽, 윤문식 등 재능 있는 사람들이 극단에 합류하게 된 것이다.

타고난 예술가 김종엽

김종엽은 판소리 다섯 바탕을 모두 통달하고, 탈춤으로 일가를 이룬 대단한 예인藝人이다. 그는 창극단에서 활동했기 때문에 마당놀이를 하기 전부터 알고 지내던 사이다. 진중한 성격의 그는 언제나 몸가짐이 반듯한 데다 지적인 능력이 뛰어났다. 창극단 총무 일을 맡아 성실하게 해냈고, 박봉에도 불구하고 적금을 꾸준히 부어서 '6백만 불의

사나이'라는 별명을 얻기도 했다. 그는 다양한 소리에 능했는데 특히 서도 소리, 이북 소리는 매우 빼어났다. 그가 이북 소리를 할 때면 사람들이 절로 흥에 겨워 "얼씨구!" 하고 추임새를 넣을 정도였다.

그의 탈춤 또한 인간문화재 급이다. 그와 마당놀이를 하게 되면서 우리는 그의 재능에 여러 번 놀랐다. 그는 마당놀이 무대에서 마음껏 놀았다. 노래면 노래, 춤이면 춤, 연기는 말할 것도 없었다. 함께 무대에 오를 때마다 그의 모습에 감탄을 한 적이 한두 번이 아니다. 무엇보다 놀라운 점은 언제나 무대 위에서 한결같은 그의 모습이다. 사람들은 흔히 마당놀이는 즉흥적인 연기가 많을 거라고 생각한다. 물론 그런 부분도 없지 않지만 김종엽은 한 번 연습을 해서, 이거다 싶으면 어떤 경우에도 흐트러짐 없이 그대로 무대에서 선보인다. 그에게는 그래서 늘 김종엽만이 할 수 있는 연기가 나온다. 그가 연기하는 놀부는 오랜 세월이 지나도 언제나 한결 같은 모습인데, 오래 연기를 해온 사람들은 그것이 얼마나 귀한 재능인지 안다. 그와 함께 한 세월이 긴 만큼 나는 무대 밖에서의 그의 일상적인 모습도 많이 접했다. 그는 무대에선 심술 많은 놀부지만 무대 밖에선 언제나 변함없이 좋은 사람이다.

마당놀이는 전국을 돌면서 순회공연을 하는데, 보통은 공연장이 협소하다 보니 관객들은 마당놀이가 시작되기 두어 시간 전부터 공연장 주변에 돗자리를 깔고 기다린다. 단원들이 그들 사이를 지나 공연장으로 들어갈 때면 할머니 할아버지들이 예쁘다며 궁둥이를 때리거나 농담을 던지기도 하는데, 김종엽은 아무리 궁둥이를 맞아도 한 번도 싫은 내색 한 번 한 적 없다.

한번은 공연이 끝나고 단원들이 모두 돌아가는데, 한 할아버지가 김종엽 씨를 보며 "어이, 놀부!" 하고 부르더니 "자네 소리, 그거 아니여." 하고 지적을 하신다. 어른들이 자라며 들었던 판소리와 마당놀이에서 하는 소리가 좀 다르다 보니, 배우들이 소리를 잘 못한다고 생각하셨던 모양이다. 자존심이 상할 만도 했지만, 그는 점잖고 예의 바른 그의 성격대로 웃으면서 상황을 잘 넘겼다.

김종엽은 결혼을 늦게 했다. 근면 성실하고 생활력이 있어 일등 신랑감으로 꼽혔지만 짝을 찾지 못해 다들 안타깝게 생각하고 있었는데 어느 날인가 열한 살이나 어린 아내를 만나 결혼을 해 주변 사람들은 그를 '도둑놈'이라며 놀려 대기도 했다. 그는 결혼식도 '김종엽'답게 치렀다. 〈춘향전〉 공연이 끝나고, 모여 있던 관객들을 하객으로 삼아 무대 위에서 결혼식을 치렀다. 우리는 모두 한마음으로 그의 결혼식을 축하해 줬다. 마당놀이의 모든 음악을 작곡한 박범훈은 결혼 행진곡을 국악으로 만들어 선사했고, 단원들은 청사초롱을 들고 신부가 탄 가마를 대동하여 무대 위로 나섰다.

당시 〈춘향전〉 공연은 MBC를 통해 생방송 되고 있었는데 얼떨결에 결혼식 장면도 방송을 타고 말았다. 덕분에 김종엽은 마당놀이를 함께 한 관객, 그리고 전국에서 TV를 보던 시청자들의 축복을 받았다. 그리고 그 결혼식은 함께 한 나와 다른 동료들 모두에게 행복한 추억으로 남아 있다. 김종엽은 지금은 경기도 양주에 '국악유치원'을 만들어 어린 국악 인재들을 키우고 있다. 그동안 국악 강의도 많이 했고

천상 배우 윤문식 씨는 맛깔나는 애드리브로 마당놀이의 유쾌함을 책임져 왔다.

국악방송 MC도 맡았던 그가 오래 품어 온 꿈이었다. 나이가 들면, 재능 있는 어린 아이들을 국악인으로 키워 내겠다는 목표를 평생 품고 살아온 그는 역시나 그답게 자신의 꿈을 차근차근 이루어 가고 있다. 청년 시절 그의 재능은 무척 아름다웠다. 함께 세월을 보내는 가운데 그의 한결같음은 나에게도 큰 힘이 되었다. 그리고 이제 오랜 시간 가슴에 품어 온 꿈을 성실하게 이루어 가고 있는 그의 모습을 지켜보고 있는 것만으로도 나는 내 꿈이 이루어지는 것처럼 뿌듯하고 기쁘다. 그와 함께 보낸 세월이 새록새록 고맙다.

윤문식, 천부적인 연기자

나와 함께 지내온 동료이자 친구 중에 윤문식을 빼놓을 수 없다. 마당놀이 대표 콤비로 일컬어지는 우리는 부부가 아니냐는 오해도 많이 받을 정도로 나란히 무대를 지켜 왔다. 윤문식은 소리꾼도 아니고, 춤을 정통으로 배운 것도 아니면서 마당놀이의 무대를 꽉 채우는 천부적인 재능을 타고 났다. 소리를 맛있게 표현하는 그의 연기를 보고 있으면 감탄이 저절로 나온다. 마당놀이 관객들은 그가 순간순간 재치 있게 만들어 내는 애드리브에 배꼽을 잡고 즐거워한다. 재치있는 입담으로 관객들을 쥐락펴락 하며 마당놀이의 유쾌함을 책임져 왔다. 무대 위에서 짧은 순간에 재미있는 대사나 행동을 생각해 낼 수 있다는 것은 그만큼 뛰어난 머리를 가지고 있다는 것이다.

그러나 무대 위의 모습과는 달리 그는 낯을 가리고 나서기를 좋아하지 않는 내성적인 성격이다. 그래서 스위치를 탁 누르면 불이 켜지듯이, 그가 가진 재능이 밖으로 나올 수 있게 해줘야 한다. 무대 위에서 그 역할은 주로 내가 해 왔다. 그래서 그런지 마당놀이 무대에서 윤문식과 나는 환상의 파트너였다. 흉허물 없이 친하기도 했고 무대에서 호흡도 잘 맞았다. 그렇게 가깝기 때문일까. 무대 밖에서 우리는 무척 많이 싸웠다. 한 번 싸우면 석 달이고 넉 달이고 서로 눈길도 주지 않는다. 공연을 할 때는 언제 싸웠냐는 듯 척척 손발을 맞추지만 무대 밖으로 내려오면 또 언제 함께 공연을 했냐는 듯 말도 섞지 않는다. 그런 그였지만 다른 동료들과 문제가 생기면 내 이야기에 귀를 기울였다.

다른 사람들이 아무리 그에게 좋은 말을 해줘도 듣는 둥 마는 둥 하다가도 내가 한두 마디 이야기를 하면 경청하곤 했다. 아니라고 생각하면 연출자인 남편과도 반대편에 서서 싸우는 평소의 내 모습을 보면서 내 이야기는 믿어도 된다고 생각한 게 아닐까 짐작한다.

그는 보통의 사람들로는 이해하기 어려운 부분이 있다. 후배들이 등록금이 없어 쩔쩔 매고 있으면 거액의 돈을 턱, 내놓는다. 얼떨떨해 하는 후배가 망설이고 있으면 맘 바뀌기 전에 얼른 가져 가라고 채근한다. 내가 주방 기구 살 일이 있어 연습에 좀 늦었는데, 연습 시간을 지키지 않았다고 엄청나게 화를 냈던 사람이, 미안하다고 사과하며 주방 기구가 너무 비싸다는 한 마디 푸념에 즉석에서 몇백만 원을 성큼 내놓기도 한다. 그런 사람이 또 술 마실 때면 잔돈 몇 푼 때문에 화를 낸다. 그를 보고 있으면 자유로운 영혼을 가진 사람이라는 생각이 든다. 모임에 가도 소위 말하는 '높은 양반'들이 있는 자리에는 가지 않는다. 일부러 가장 어린 사람들이 앉은 자리를 찾아가서 그들과 함께 어울리며 그들과 더불어 즐겁게 시간을 보낸다. 주위의 시선을 의식하지 않고 마음이 가는 대로 산다.

그와 다투고 화해하며 보낸 세월이 벌써 30년이다. 지금처럼 앞으로도 내내 서로 표현은 하지 않아도 믿고 함께 가는 동료로 친구로, 남은 세월도 잘 지낼 수 있기를 바란다.

마당놀이의 든든한 지원자들

　우리는 무대 위에서 공연을 하는 사람들이지만 한 편의 작품을 만드는 것은 배우 외에도 수많은 사람들이 필요하다. 마당놀이의 이야기를 만들어 내는 작가는 어쩌면 작품의 첫 단추를 꿰는 사람이라 할 수 있다. 바로 그가 김지일 씨다. 마당놀이 무대에서 선보인 이야기는 대부분 판소리 열두 바탕을 각색한 것이다. 마당놀이 이전에도 창극이나 뮤지컬 등 판소리를 바탕으로 만든 작품들은 많았다. 그러나 대부분 원작의 틀에 갇혀 벗어나질 못했고, 관객들의 호응을 이끌어 내는 데도 실패했다.

　상황이 이렇다 보니, 우리는 처음 마당놀이를 기획할 때 옛 이야기를 어떻게 오늘의 이야기로 만들어 낼 것인가를 가장 중요하게 생각했다. 고전을 바탕으로 하되, 지금 이 시대를 살아가는 현대인들이 충분히 공감하고 소통할 수 있는 이야기를 무대에서 보여 주고 싶었다. 그러기 위해서는 고전을 현대적으로 재미있게 각색해 줄 작가가 필요했다. 김지일 씨는 아이디어가 풍부하고, 이야기를 재미있게 만드는 능력이 탁월했다. 그는 또한 우리 전통 문화에 대해 깊이 있고 폭넓은 이해를 바탕으로 당대의 정치, 사회적인 문제들을 고전 속에 유쾌하게 녹여 냈다. 그 덕분에 〈춘향전〉이나 〈심청전〉이 우리가 알고 있는 옛날 이야기에 그치지 않고 살아 있는 오늘의 이야기로 관객들에게 신선하게 다가갔으며 관객들의 커다란 호응을 얻을 수 있었다.

마당놀이의 음악은 처음부터 지금까지 온전히 박범훈 씨의 작품이다. 국악계의 모차르트라고 불리는 그는 국악은 물론 서양 음악에 이르기까지 음악 전반에 대한 폭넓은 이해를 갖고 있다. 연출가로서 나를 발전시켜 준 것이 남편이라면 박범훈 씨는 나로 하여금 우리 음악에 대한 다양한 경험과 지식을 전해 주고 길을 닦아 준 사람이다. 그는 중앙대에 최초의 국악대학을 만든 그는 평소에 국악은 물론이고 창극, 판소리, 마당놀이에 이르기까지, 다양한 우리 전통과 문화를 이어나갈 후학을 양성해야 한다는 지론을 가지고 있었다. 그는 생각에만 그치지 않고 실제로 국악유치원, 국악중·고, 국악대학, 국악교육대학원이 만들어지는 데 큰 기여를 했다. 또한 「중앙국악관현악단」을 창단하기도 했는데 제자들이 졸업하고 갈 곳이 없으면 안 된다며 만든 단체다. 그와 함께 없던 길을 새로 만들며 나는 늘 새로운 길을 개척하는 것을 즐거움과 보람으로 여겼다.

남편 손진책과 음악가 박범훈 씨를 떠올리면 함께 떠오르는 얼굴이 있다. 마당놀이 안무가인 「디딤무용단」 단장 국수호 씨가 바로 그다. 손진책, 박범훈과 국수호, 이 세 사람은 젊은 시절부터 삼총사처럼 몰려다니며 각각 극단 「미추」, 「중앙국악관현악단」, 「디딤무용단」이라는 단체를 이끌고 있다. 셋 다 우리 것에 관한 한 독보적인 지식과 재능을 가진 예술가인데, 서로 힘이 되기도 하고 자극이 되기도 하면서 우정을 이어 가는 모습을 보면 참 대단하다는 생각이 든다.

윤문식과 김종엽, 그리고 박범훈, 국수호. 이들과 함께 한 지난 세월은 지금 돌이켜보면 행복했다. 예의를 차리고, 서로 보여 주고 싶은 부분만 보여 주면서 살아온 사이가 아니다. 차마 가족에게도 보여 주지 못했던 나의 다른 모습도 그들 앞에서는 적나라하게 보여 주며 살았다. 그들 역시 아무런 꾸밈없는 민낯을 거침없이 내 앞에 드러내며 살았다. 우리는 때로 격렬하게 싸우고, 때론 한마음으로 우리가 이룬 성취 앞에서 환호했다. 좌절의 늪을 함께 건너고, 환희의 순간을 만끽했다. 시간의 두께만큼 온갖 감정을 주고받은 이들을 나는 감히 동지라 부른다. 친구라는 말로는 이들을 향한 나의 애정을 온전히 다 담을 수가 없다. 나의 친구이자 동료, 그리고 나의 동지들. 이들이 있어 지금까지 나에게 이 세상은 살 만한 곳이다.

인생에서 반드시 가져야 할 것이 무어냐고 누군가 내게 묻는다면, 나의 마음을 숨김없이 내비쳐도 부끄럽지 않을 그런 친구를 가지라고 말해 주고 싶다. 있는 그대로의 모습으로 애정을 전해 주는 그런 친구를 갖는다면 훨씬 행복할 거라고 말해 주고 싶다.

존재만으로 힘이 되는 선배들

단 한 편의 작품을 무대에 올리기 위해 배우들은 수많은 시간을 무대 뒤 연습실에서 보낸다. 무대 위의 시간보다 몇 곱절의 시간을 연습실에서 보내야 하기 때문에 연습실에서 만나는 인연이 무척이나 소중하다. 돌이켜보면 참 많은 선배, 후배들과 무대 뒤 연습실에서 보낸 것 같다. 어찌 연습실뿐이겠는가. 무대 위에서, 때론 뒤풀이 자리에서, 선배들과 함께 아름다운 추억을 많아 쌓았다.

처음 배우의 길에 들어섰을 때 나는 늘 쭈뼛쭈뼛했다. 「국립극단」에 신입 단원으로 들어갔을 때는 더 그랬다. 그도 그럴 것이 연습실에는 하늘과 같은 선배들이 가득했다. 그들의 연기를 보며 언제쯤 저 선배들처럼 능수능란하게 연기를 할 수 있을까 생각한 적도 많았다. 선배들은 잔뜩 주눅 들어 있는 후배를 따뜻하게 챙겨 주었다.

특히 권성덕 선배는 잊을 수 없다. 선배와 난 1981년 〈샌프란시스코에서 다시 한 번〉이라는 작품에 출연했다. 나는 갓 들어간 신입 단원이고, 선배는 이미 연극계에서 이름이 높은 분이었다. 때문에 출연료가 차이 나는 건 당연한 일이었다. 나로서는 감히 이의를 제기할 생각

〈디 아더 사이드〉에서 권성덕(왼쪽) 선배와. 권성덕 선배는 공연 중 내 실수로 부상을 입어도 흔들림 없이 연기를 해 큰 가르침을 주었다.

조차 못하는 일이었다. 그런데 선배는 둘 다 주인공인데 개런티에 차이가 나는 건 문제가 있다며 경력과 관계없이 출연료를 똑같이 지급해야 한다고 극단에 요구했다. 나는 새카만 후배를 배려해 주는 그 선배의 모습에 깊은 감동을 느꼈다. 권성덕 선배께 감동을 받았던 것은 그 일만이 아니었다. 작품을 공연하던 중에 내가 선배에게 빗을 던지는 장면이 있었다. 그런데 내가 던진 빗이 그만 선배의 머리를 맞히고 말았다. 선배의 머리에서 피가 주르륵 흘렀다. 순간 난 눈앞이 캄캄해졌다. 다음 대사고 뭐고 머릿속이 하얘졌다. 나 때문에 공연을 망쳤다고 생각하니 식은땀이 저절로 났다. 안절부절못하고 있는데, 정작 선배는 아무 일도 없다는 듯이 다음 대사를 이어가는 것이 아닌가. 머리에서 피가 줄줄 흐르는데도 태연히 연기를 해 나가는 그 모습에 나도 다시 연기를 이어갔다. 그리고 어떻게 연기를 했는지 정신이 하나도 없이 후들거리는 가슴을 부여잡고 무대를 내려왔다. 그때 만일 선배가 당황해했다면 아마 그 무대는 엉망이 되었을 것이다. 대기실에서 만난 선배는 아무런 말씀도 하지 않으셨다. 그때 열 마디의 꾸중보다 더 큰 깨달음을 얻었다. 그 일이 있고 난 후 나는 후배들이 실수를 하게 되더라도 언제나 무대를 흔들림 없이 끌어가는 선배가 되리라 마음먹었다.

1994년 폴란드 연출가 바비스키가 연출한 〈맥베스〉에서 함께 공연했던 이호재 선배는 다른 선배들과는 다른 면모를 지니고 있었다. 당시 연극계는 규율이 엄격하고 선배들의 권위에 감히 범접할 수 없었

이호재(왼쪽) 선배는 후배를 가르치려 하기보다 묵묵히 자신의 역할을 충실히함으로써 후배들의 존경을 받았다. 〈맥베스〉에서 선배와 나는 호흡을 맞췄다.

다. 그리고 선배들은 후배들에게 당연히 무엇을 가르쳐야 한다고 생각했다. 그러나 이호재 선배는 달랐다. 그러기보다는 자신의 역할을 말 없이 충실하게 해낼 뿐이었다. 그런 모습이 후배들에게는 왠지 더 존엄하고 엄숙해 보였다.

그러던 어느 날, 한창 〈맥베스〉 공연을 하고 있던 중이었다. 사고가 났다. 하나의 막이 끝나면, 무대가 회전하면서 다음 막이 전개되어야 하는데, 세트가 막에 걸리며 중간에 멈춰 버린 것이다. 세트는 파손되었고, 공연은 중단될 상황이었다. "성녀야!" 무대에서 어쩔 줄 모르고 있던 내 귀에 누군가 나를 부르는 소리가 들렸다. 이호재 선배였다. 선배는 침착한 목소리로 어떻게 대처해야 할지 일러주었다. 덕분에 당황하지 않고 다음 장면을 이어갈 수 있었다. 후배들에게 평소에 이것저것 가르치려 들지 않던 선배가 무대에서 사고가 생기자 노련하게 상황을 수습하고 후배를 챙기는 모습은 오랫동안 마음에 남아 있다.

그 이름만으로 위로가 된다

　손숙. 그 이름만으로도 위로가 되는 선배이다. 선배에게는 다른 사람이 흉내낼 수 없는 그만의 뚜렷한 스타일이 있다. 자신만의 뚜렷한 스타일을 갖는다는 건 배우에게는 매우 매력적인 일이다. 지성적인 분위기의 선배는 정갈하고 우아하며 절제된 연기를 선보인다.

　선배를 만난 건 1981년 「국립극단」에 몸담고 있던 시절이었다. 그때 손숙 선배는 이미 「국립극단」의 스타였고, 나는 창극단에 있다가 이제 막 극단에 들어온 신입이었다. 감히 바라볼 수 없는 스타였던 손숙 선배와 내가 친해질 것이라는 건 꿈에도 생각하지 못했다. 더구나 내가 TV 드라마에 출연을 하기 시작하면서 선배와 나는 더 가까워질 수 없었다. 그건 우리 둘의 문제는 아니었다. 당시 극단에는 연극 배우가 다른 매체에 출연하는 것에 대한 상반된 입장이 팽팽하게 나뉘어 있었다. 한쪽에서는 배우는 순수하게 연극만 해야 한다는 입장이었고, 또 다른 한쪽에서는 다른 매체에서 연기를 하는 것도 배우의 역할이라고 주장했다. 손숙 선배는 전자의 입장이었으므로, 나와는 약간 서먹한 사이가 되었다.

국립극장 달오름극장에서 〈3월의 눈〉을 공연하고 있는 손숙 선배와 함께.

  그럼에도 같은 극단에 속해 있으니 선배와 함께 무대에 서는 일이
종종 있었다. 1982년에는 〈장화 신은 고양이〉에 출연했는데 그 작품에
서 선배는 장화 신은 고양이 역을 맡았고, 나는 객석에 앉아 평론가처
럼 이야기를 하는 역할을 맡았다. 당시 나는 선배의 연기에 흠뻑 취해
있었다. 젊은 시절 선배는 얼굴이 무척 작고 어여뻤다. 소년 같은 느

낌이 아주 매력적이었는데, 선배의 그런 분위기는 장화 신은 고양이와 잘 어울렸고, 극단에서 언제나 가장 주목받는 배우였다.

그리고 같은 해에 난 선배와 〈삭풍의 계절〉이라는 작품을 또 하게 되었다. 이해랑 선생님 작품이었는데 선배는 할머니 역할을 했고, 나는 젊은 며느리 역할이었다. 장화 신은 고양이 역을 할 때는 소년 같은 얼굴이 무척 잘 어울린다고 생각했는데, 할머니 역할을 맡으니 선배는 젊은 나이였음에도 불구하고 걸음걸이 하나로 완벽한 할머니가 되었다. 감탄하지 않을 수 없었고, 함께 무대에 서는 것만으로도 많이 배울 수 있는 기회가 되었다.

그 뒤 시간이 흘렀다. TV 드라마에 본격적으로 출연하기 시작하면서, 나는 「국립극단」에 남아 연극 연기만 할지, 아니면 「국립극단」을 떠나 다양한 연기를 할지 선택의 기로에 서게 되었다. 오랜 고민 끝에 나는 「국립극단」을 떠나기로 결정했고, 그 이후에 손숙 선배도 「국립극단」을 나와 자유롭게 활동하기 시작했다. 선배와 내가 가까워지기 시작한 건 아마도 그때부터였을 것이다. 여전히 분야와 매체를 가리지 않고 적극적으로 활동하던 나에게 어느 날 선배가 지나가는 말처럼 한 마디를 해줬다.

"「국립극단」 사람들도 외부 활동을 다양하게 하면서 눈을 좀 떠야 하는데."

이 말을 들었을 때 나는 아무 말도 못했지만, 그동안 내가 홀로 느꼈던 외로움이 위로 받는 느낌이었다. 선배는 내게 그 말을 건네면서 어쩌면 그 한 마디가 나에게 그렇게 큰 위로가 될 거라는 생각을 못했을

지도 모르겠다. 그러나 아무리 내가 굳은 의지를 가지고, 내 판단으로 결정한 일이라 해도 함께 일하는 사람들로부터 인정받지 못하는 외로움은 뭐라 말할 수 없이 쓸쓸한 일이다. 그런 순간에, 다른 사람도 아닌, 평소에 좋아하던 까마득한 높이의 선배로부터 들은 그 한 마디는 무엇과도 비교할 수 없는 큰 위로이자 힘이 되었다.

2011년 선배와 나는 신경숙 작가의 소설 〈엄마를 부탁해〉를 원작으로 삼은 연극과 뮤지컬 작품에 각각 출연했다. 같은 원작 소설의 동일 인물을 연극과 뮤지컬에서 따로 공연을 하는 것이 흔한 일은 아니라 우리 둘 모두에게 각별한 경험이었다. 젊은 시절, 서로의 앳된 얼굴을 기억하는 우리가 이제 나이 들어 무대에서 같은 엄마 역할을 하는 인연이 새삼스럽고 좋았다. 부침이 심한 연극계에서 끝까지 무대를 지켜온 우리만이 누릴 수 있는 행운처럼도 느껴졌다.

시간은 여전히 흐르고 있다. 왕성하게 활동하던 숱한 선배들은 점점 무대 위에서 사라지고 이제는 열 손가락도 채 되지 않는 여배우들만 드문드문 무대에 서고 있다. 뿐만 아니라 한 해에도 수많은 배우들이 나타났다, 사라진다. 그 가운데 여전히 변함없는 모습으로 늘 제자리를 지켜주는 손숙 선배가 있어 나는 그의 존재만으로도 고맙다. 게다가 서로 응원하는 마음으로 늘 지켜봐 주며 좋은 선후배로, 좋은 동료로 나이 들어가고 있다는 사실이 그저 감사할 따름이다.

그런데 언제부터인지 선배들을 만나는 일은 갈수록 드물고, 연습실에서 내가 최고 선배가 되어 있는 때가 점점 더 많아진다. 하긴 배우뿐이랴. 연출자도 나보다 나이 어린 경우가 많으니 내가 나이가 들긴

들었나 보다. 그 많던 선배들은 다 어디로 갔을까. 아직도 나는 달려갈 길이 먼 것 같은데 내 앞을 까마득히 채우던 선배들은 어느덧 몇 분 안 계시고 나 혼자 달리는 느낌이 들 때가 있어 아득해지곤 한다. 또 뒤를 따라오는 수많은 후배들을 바라볼 때면 저들도 자신의 앞에 있는 나와 같은 선배를 따라 달리겠지, 하는 생각이 든다. 그때 느끼는 마음의 부담은 상상할 수 없을 만큼 크다. 그러면서 문득 생각한다. 나는 수많은 선배들에게 어떤 후배였을까. 그리고 나는 지금 나의 후배들에게 어떤 선배가 되어야 할까. 세상에는 많은 관계가 있고, 선후배의 유형 중에도 많은 모습들이 있다. 어떤 선배는 후배에게 사소한 것부터 일일이 가르치는 것이 후배의 성장을 돕는 길이라고 생각한다. 그렇지만 내가 까마득한 후배 시절이었을 때 나를 가르친 건 그런 자세하고 소소한 말이 아니었다. 아무 말 없이 행동으로 해야 할 바를 보여 준 선배들의 모습을 선망하며 따르다 보니 지금 이 자리에 서 있게 된 것이다. 어쩌면 내가 지금 배우라는 이름으로 무대에 오래 설 수 있는 것은 깨닫지 못할 만큼 수없이 많은 가르침을 준 선배들 덕이라는 생각이 든다. 그들의 말없는 가르침 덕에 지금의 나로 살 수 있는 건 아닐까, 싶다.

나는 지금 후배들에게 어떤 선배인지 되돌아본다. 때로는 답답한 마음에 잔소리를 늘어놓을 때도 많지만, 분명한 건 세상의 모든 후배들은 선배가 가는 길을 보고 따라온다는 사실이다. 선배님이라는 호칭도 옛말이 되었고, 선생님이라는 호칭으로 더 많이 불리는 나이지만 문득 내 앞에 서 계셨던 많은 선배들을 떠올리니 이제라도 선배다운 선배로 살아야겠다는 생각을 하게 된다. 선배다운 선배로 살기 위해서는 결국 제대로 된 배우의 모습을 말없이 행동으로 보여 줘야 할 것이다. 내 앞에 서 계셨던 선배들이 그러셨던 것처럼.

좋은 엄마로 만들어 준 아이들

"엄마, 난 엄마를 보면 숨이 차도록 외로웠어요."

"난 춤을 추고 싶었을 뿐인데, 그것이 왜 우리를 서로 다치게 해야만 했는지."

2003년 공연한 뮤지컬 〈최승희〉의 이 대사는 오래도록 내 가슴에 남았다. 최승희가 그녀의 딸 안성희와 나누는 대화 중 일부다. 최승희의 딸 안성희는 어머니의 사랑을 원했지만, 최승희는 어머니로서의 삶보다는 예술가로서의 삶이 먼저였다. 이 대사를 하면서 나는 나의 딸 지원이를 떠올렸다. 나 역시 무대에 선 배우이면서 동시에 딸아이의 엄마였기 때문이다.

뜻하지 않게 아이가 생기면서 부부가 된 나와 남편은 둘 다 가진 게 없는 가난한 연극쟁이였다. 우리야 우리가 선택한 길이니 가난을 받아들이며 살 수 있다고 해도 아이는 다른 문제였다. 곧 둘째아이도 태어났다. 아이들을 먹이고 입히고 가르쳐야 하니 삶은 전혀 다른 모습으로 다가섰다.

나는 하고 싶었던 공부도 맘껏 못했고, 돈이 늘 부족해 포기해야 하는 것도 많았다. 그런 것에 비해 우리 아이들은 훨씬 많은 걸 가지고 누리며 사는 듯했다. 나는 그만하면 꽤 부모 노릇을 잘하고 있는 거라고 생각한 적도 있었다. 그런데 그것이 전부가 아니었다. 부모 노릇이란 그렇게 쉬운 일이 아니었다.

딸 지원이는 무대에 서고 싶어 했다. 그래서인지 학교에서 곧잘 무대에 올랐다. 엄마라기보다 무대의 선배로 도움을 주고 싶었던 마음에 아이가 무대에서 내려올 때마다 아쉬운 부분을 이야기해 주곤 했다.

어느 날이었다. 중학교 다니던 아이가 학교에서 무용극을 하는데 뺑덕엄마 역을 맡았다. 바쁜 시간을 쪼개 보러 갔는데, 모자란 부분이 먼저 눈에 보였다. 공연을 마친 딸아이가 상기된 표정으로 다가왔다.

"지원아, 잘 하지만 어색한 곳도 있더라. 무대에 설 때는 너 스스로

극단 가교에서 악극 〈이수일과 심순애〉에 출연할 당시 지원이와.

완벽하다고 여겨질 때까지 수없이 연습을 해야 하는 거야. 너는 몰라도 관객들 눈에는 다 보여."

"무대에 설 때 시선은 관객 전체를 바라보고 해야 해. 그렇게 고개를 숙이면 관객들이 너한테 집중을 잘 못해."

그때 내 눈에 점점 굳어 가는 딸아이의 표정이 왜 들어오지 않았는지 모르겠다. 이 아이를 위해서라면 뭐든 아깝지 않을 거라고 생각하면서도 정작 아이의 표정이 실망으로 차오르는 것을 살피지 못했다. 집에 돌아오자마자 딸은 눈물을 뚝뚝 흘리며 제 방으로 쑥 들어가 버렸다. 일부러 바쁜 시간을 쪼개 기껏 제 무대를 보러 갔는데, 왜 화가 났는지 나와 남편은 영문을 알 수가 없었다. 자꾸 다그쳐 묻는 우리에게 아이는 울먹거리며 겨우 한 마디를 건넨다.

"엄마는 대체 왜 다른 엄마들 같지가 않아? 다른 애들은 나보다 훨씬 못해도 엄마들이 우리 딸 최고라고 칭찬하기 바쁘던데, 학교에서는 내가 제일 잘한다고 선생님들이 다 칭찬해 줬는데, 왜 엄마 아빠는 못했다고 지적만 하는 거야?"

아이는 상처를 받아서 아프다고 소리를 치고 있는데 다독거려 주기는커녕 '교과서' 같은 말만 했다.

"당연히 엄마, 아빠 딸인데 더 잘해야지. 바깥세상이 얼마나 냉정한 줄 알아? 잘한다, 잘한다 하는 소리만 듣고 자라는 건 위험한 거야."

그 뒤로도 나는 달라지지 않았다. 배우가 되고 싶어 하는 딸에게 난 섣부른 칭찬보다는 냉정한 평가가 더 필요하다고 믿었다. 무대 위에서는 배우에게 '적당히'는 용납할 수 없다. 모든 면에서 완벽해야 하고,

프로가 되고 싶다면 아무리 작은 무대라고 해도 실수가 있어서는 안 된다는 사실을 가르쳐 주고 싶었다. 그게 아이에게 약이 될 거라고 생각했고, 아이도 언젠가는 우리 마음을 알아 줄 거라고 생각을 했다.

세월은 흘렀다. 아이들은 내가 자라던 때와는 비교할 수 없을 만큼 물질적으로 넉넉했고, 우리는 하고 싶은 게 있다면 뭐든 도와 줄 준비가 되어 있었다. 이 세상이 아무리 험하고 냉정해도 이 아이들 뒤에 우리가 있다는 사실만으로도 힘이 되고 있다고 생각했다. 그런데 그렇지 않았다. 어느 날 딸 지원이가 나를 향해 날선 말을 내뱉었다.

"엄마 때문에 너무 힘들어. 엄마가 내 삶에 얼마나 큰 걸림돌인지 알아?"

너무 '잘난' 부모를 둬서 스트레스를 받는다는 것이다. 딸아이는 아무리 해도 엄마처럼 되기는 힘들고, 사람들이 자신을 손진책, 김성녀의 딸로만 보는 데다, 무엇을 해도 부모 따라가기는 멀었다고들 말하는 것 같다고 했다. 마음 한구석이 아려 왔다.

아들 지형이도 다르지 않았다. 알래스카 같은 곳에 가서 사는 게 꿈이란다. 왜 하필 알래스카냐고 했더니 알래스카에는 한국 사람이 거의 없어서 엄마 아빠를 아무도 모를 거 같기 때문이라는 대답이 돌아왔다.

아이들에게 뒤통수를 맞은 느낌이었다. 배신감도 들었다. 내가 그동안 어떻게 살았는데 내가 자기들 인생의 걸림돌이라니, 우리 없는 곳에서 살고 싶다니. 머릿속이 순식간에 텅 빈 느낌이었다.

나도 유명한 부모 밑에서 자랐다. 처음 연극을 시작하게 된 것도 엄

딸에게 비춰진 난 엄마보다는 연기 선생님이었다는 사실이 마음 아팠다. 카메론 매킨토시 컴퍼니에서 제작한 뮤지컬 〈미스 사이공〉에 출연한 지원.(가운데)

마가 배우였기 때문이었다. 엄마의 삶이 자연스럽게 내게로 이어졌고, 나는 나의 이런 삶이 내 딸에게도 자연스럽게 이어질 거라 생각했다. 배우로 사는 내내 엄마가 유명한 것이 걸림돌이 되거나 힘들다고 생각한 적은 없었다. 어린 시절부터 자의 반 타의 반 무대에 섰던 나는 그걸로 가족의 생계를 책임지기 시작하면서 끊임없이 최고가 되기 위해 연습하고 또 연습했다. 그렇게 끊임없이 무대에 서다 보니 나는 엄마의 딸이 아닌 배우 김성녀가 되어 있었고, 언젠가부터 나를 보며 엄마를 떠올리는 사람을 만나는 일은 거의 없게 되었다. 나는 내가 그러했듯 내 아이들도 그럴 것이라 막연히 생각했다. 그런데 인생은 생각대로 되지 않는다는 사실을 아이들 덕분에 다시금 깨닫게 되었다. 아이들과 이야기를 나눠 보니 나는 그동안 엉뚱한 꿈을 꾸며 산 셈이었다. 아이들에게 객관적인 평가를 해주는 것이 도움이 될 거라고 생각했는데 아이들에게 비춰진 내 모습은 엄마가 아니라 선생님이었다. 잘했다고 칭찬하는 법이 없는 엄마, 언제나 옳은 말만 하는 엄마, 좌절을 모르는 엄마, 그래서 아이들이 힘들다고 말하면 왜 힘들어 하느냐고 그럴수록 더 열심히 하면 된다고, 극복하고 이겨내라고 다그치는 엄마.

언젠가 아들아이가 스쳐 지나가듯 했던 말이 떠올랐다.

"엄마는 '아빠 같은 엄마', 아빠는 '이웃집 아저씨 같은 아빠'야."

자식들의 눈에 비친 우리의 모습이 그랬구나 싶어 씁쓸해졌다. 연극에 모든 것을 건 아빠, 바쁘게 모든 일을 해야 하는 엄마.

나는 이 아이들을 굶기거나 하고 싶은 일을 못해 주면 어쩌나, 늘 전전긍긍하며 살았는데 아이들이 원하는 건 그게 전부가 아니었던 것이다. 아이들이 다시 보였다. 딸아이는 언제나 밝은 모습만 보여 줘서 그런가 보다 했더니 아니었다.

2001년, 〈그리스〉에 출연하면서 뮤지컬 배우로서의 인생을 시작한 지원이는 이듬해 영국으로 유학을 떠났다. 유학 중에 영국의 대표적인 뮤지컬 극단 오디션에 합격했고, 〈미스 사이공〉에 출연해 영국 전역으로 투어를 하며 다양한 무대 경험을 쌓았다. 그리고 2006년에 우리나라로 돌아왔다. 그런데 뮤지컬 〈맘마미아〉 공연을 앞두고 성대 결절로 중도에 포기해야 했다. 이제 막 배우로서 본격적인 행보를 시작하려던 차에 예상치 못한 좌절을 맛보게 된 것이다. 아이는 건강 때문에 하고 싶은 일을 더 이상 못하게 되자 큰 시름에 잠겼다. 엄마처럼 튼튼

아들 지형이와. 지형이는 아버지의 뒤를 이어 연출가의 길을 걷고 있다.

한 목소리를 타고 나지 못한 것이 너무나 힘들다고 했다. 기대치는 너무나 높은데 자신은 아무리 해도 그렇게 되지 못할 거라고 절망하는 것 같았다.

그동안 엄마라기보다 스승의 입장에서 딸의 연기 생활을 지켜보긴 했지만, 막상 괴로워하는 모습을 보니 마음이 너무 아팠다. 육체적으로 힘들어하는 것은 차라리 괜찮았다. 내가 견디기 힘들었던 건 정신적으로 방황하는 모습이었다. 배우가 자신의 공연을 완주하지 못하고 포기해야 한다는 것은 그냥 툭툭 털고 일어날 수 있는 일이 아니다. 배우로서의 자존심에 큰 상처를 입는 일이다. 힘들어하는 지원이를 지켜보면서 그동안의 내 모습을 다시 돌아보게 되었다. 과연 딸에게 나는 어떤 엄마였던 걸까. 낳아 놓기만 하고 부모 노릇을 제대로 못해 왔던 건 아닐까. 막상 아이의 말을 듣고 나니 예전처럼 아픈 말들을 쏟아 낼 수가 없었다. 그렇다고 빈말을 던지는 성격은 아니었지만, 될 수 있으면 '네가 최고야!' 하고 힘을 북돋아 주고, 잘하라고 격려도 해 주었다.

아들 지형이는 어릴 때부터 외국에서 공부를 하고 있어서 외국어에 능통했고 뭘 하든 잘할 수 있는 아이라고 생각했다. 그랬는데 부모와 떨어져 살면서 건강도 상했고 자기가 정말 하고 싶은 일을 하지 못한 데서 오는 긴 방황을 거듭하고 있었다.

우리는 정작 아이들에게 해줘야 하는 것을 못해 준 부모였다. 생각해 보니 아이들은 자기들이 받았으면 좋겠다고 했던 것을 부모인 우리에게 베풀고 살았던 것 같다. 공연을 마치고 피곤한 몸을 이끌고 집에 돌아가면 아이들은 언제나 따뜻하게 엄마처럼 우리를 맞아 줬다.

"엄마, 너무 힘들지. 엄마 이불 갖다 줄까? 물 갖다 줄까? 엄마 자, 푹 자."

아주 조그마한 손으로 이불을 꼭꼭 덮어 주며 다독거려 주었다. 내가 잘한 날도 못한 날도 언제나 집에 돌아가면 늘 아이들이 나를 보살펴 주었다. 그 보살핌이 얼마나 힘이 되는지 나는 미처 깨닫지 못하고 살았다. 내가 엄마에게 받지 못한 보살핌과 따뜻한 위로를 아이들에게 받고 살아왔다는 걸 알지 못했다. 그리고 아이들이 그 칭찬과 위로를 엄마인 나에게 얼마나 간절히 듣고 싶어 했는지도 몰랐다. 앞으로 뭘 하며 살아야 하는지 고민하는 아이들과 함께 머리를 맞대고 고민해 줬어야 한다는 것도 몰랐다. 지금껏 난 스스로의 일은 스스로 해결하고 살았기 때문에 아이들도 그럴 거라고 생각했다. 답을 주지 못할 바에는 혼자 고민하게 둬야 한다고 생각했는지도 모른다. 부모가 자식에게 답을 주는 것보다 함께 고민을 나누는 것이 더 중요한 일이라는 생각을 미처 하지 못한 것이다.

아이들이 초등학교, 중학교, 고등학교에 다닐 때 마음을 터놓고 나눴어야 할 말들을 스무 살, 서른 살 훌쩍 넘은 뒤에야 비로소 하게 되었다. 왜 몰랐을까. 그동안 아이들이 말없이 무수히 건넸을 그 마음을 왜 알아차리지 못했을까. 내 맘을 몰라 주는 아이들에 대한 섭섭함은 어느새 사라지고 미안한 마음이 물밀듯이 밀려들었다.

그때부터 청소년 아이를 둔 집 부모들이 본다는 교육 관련 책을 구해 읽기 시작했다. 텔레비전에서 한창 커 가는 아이들에게 부모가 어떻게 해줘야 하는지 알려 주는 내용이 나오면 귀가 솔깃했다. 거기에는 반복적으로 나오는 말이 몇 가지 있었다. 지적보다는 칭찬을 많이 해줄 것, 스킨십을 많이 할 것. 우리가 그동안 거의 하지 않았던 것이 아이들을 잘 자라게 하기 위한 필수 요소라는 사실이 우리의 마음을 옥죄었다.

우리는 당장 행동에 옮겼다. 일본에서 공부하는 아들을 무조건 들어오게 했다. 공부가 중요한 게 아니었다. 아이들 입장에서 생각하자 우선 순위가 달라졌다. 아들은 오랜 외국 생활로 건강이 좋지 않은 상태였다. 아이에게 도움이 될 거라고 바깥에서 공부만 시킨 탓이었다.

딸아이에게는 무조건 칭찬해 주는 부모가 되기로 했다. 뭘 해도 잘

한다고, 예쁘다고, 자신감을 가지라고 이야기해 주기 시작했다. 습관이 되지 않은 탓에 처음에는 무척 어색했다. 내가 하는 말을 딸은 믿지도 않았다. 내가 한 번 안아 주기라도 할라치면 "엄마, 왜 이래?" 하면서 피하기 일쑤였다. 그래도 여행도 가고, 맛있는 것도 먹으러 가면서 함께 하는 시간을 가지려고 노력했다. 내가 이야기를 하기보다 아이들의 이야기에 귀를 더 기울였다. 이런 내 모습에 낯설어 하던 아이들이 변화하려고 노력하는 엄마를 받아들여 주기 시작했다. 그리고 서서히 자신들의 이야기를 꺼내 놓기 시작했다.

아이들의 마음을 헤아리고 나자 아이들에 대한 내 기대치도 달라졌다. 몇십 년 동안 우리 아이들에게 '무엇이 되어야 한다, 무엇을 이루어 내야 한다'는 목표를 정하고 그것을 위해 매진하길 바라고 요구하던 내가 이제는 아이들이 한 발 한 발 앞으로 나아가는 과정만을 바라보고만 있다. 그렇게 말없이 응원하면서 지켜봐 주는 것이 아이들에게 무엇보다 큰 힘이 되어 준다는 놀라운 사실을 깨닫게 된 것이다.

그 덕분이었을까. 우리들의 관계는 조금씩 나아졌다. 힘든 일을 겪으며 딸도, 나도 많이 달라졌다. 딸은 2008년, 〈맘마미아〉 공연에 다시 참여해서 끝까지 무사히 완주했다. 그리고 잠시 배우의 꿈을 내려놓고 세계를 여행하며 봉사활동을 잘 마치고 오더니, 새로운 자신의 길을 찾기 위해 공부를 시작했다. 한바탕 큰 홍역을 앓고 나서 다시 제자리를 찾은 그 모습 그대로가 어여뻤다.

가족과 떨어져 봉사활동을 통해 혼자만의 시간을 가진 지원이는 그것이 큰 힘이 된 듯하다. 훨씬 표정이 여유로워졌고, 좌절 앞에서도 씩

씩했다. 새로운 길을 찾는 데 자신감도 있어 보였다. 게다가 몽골 봉사 활동에서 짝을 만난 지원이는 2014년 10월 3일 결혼식을 올렸다. 사위 임원대는 정말 보기만 해도 흐뭇한 사람이다. 그는 정신이 부자다. 주변 사람들을 항상 밝고 행복하게 만들어 그를 우리는 '행복 바이러스'라고 부른다. 난 사위가 우리 가족이 된 것이 무척 기쁘고 감사하다.

결혼을 한 지원이는 이제 새로운 길을 가게 될 것이다. 물론 이것

딸 지원이의 결혼식 날. 결혼으로 새로운 삶을 시작한 '지원대'를 우리는 묵묵히 응원하고 있다.

이 완성은 아닐 것이다. 살다 보면 좌절하고 넘어지며 상처받고 힘들어 할 일들이 생길 것이다. 그러나 그러면서 더욱 성장할 것을 믿는다. 그 믿음으로 묵묵히 '지원대(지원과 원대 둘의 이름을 합쳐 우리는 이렇게 부른다.)' 응원하고 있다.

아들 지형이는 일본에서 돌아와 아버지의 뒤를 이어 연출가의 길을 걷고 있다. 그간 지형이는 아버지가 일하는 현장에 따라다니며 현장 감각을 익혔다. 아버지의 모습을 보면서 어떻게 일을 하는지, 또래의 다른 젊은이들이 어떻게 일을 하는지 보는 것만으로도 스스로 무언가 정리가 되었던 모양이다. 지형이는 2014년 11월 첫 연출 작품을 무대에 올렸다. 재일동포 극작가 정의신 씨의 〈요요현상〉이라는 작품으로 꿋꿋하게 살아가는 30대 여성들의 삶을 그렸다.

나는 가끔 아이들에게 내가 지금 이 자리까지 오기 위해 어떤 노력을 해왔는지 말해 준다. 지금 나 역시 그 나이 때는 아무리 발버둥을 쳐도 저 위에 닿을 수 없을 것 같다는 불안이 있었노라고 말해 준다. 지금의 나나 남편을 비교 대상으로 두지 말고 그 나이 때의 우리가 어땠을지를 생각해 보라고 말해 준다. 훨씬 열린 마음으로 내 이야기를 귀담아듣는 아이들의 표정은 진지하다.

그동안 서툰 부모 밑에서 우리 아이들이 참 마음고생을 많이 했다. 이제라도 꼭 필요한 부모 노릇이 무엇인지 더 늦지 않게 깨닫게 되어서 그저 고마울 따름이다.

서른다섯 살의 수험생과 늙은 어머니

해마다 2월과 3월이면 헤어짐과 만남이 교차한다. 졸업식으로 들썩이는 학교 한편에서 졸업생들을 바라보고 있자면 그들과 함께 보낸 4년이 영화 필름처럼 머리를 스친다. 졸업식이 끝나면 곧 입학식이다. 앳되고 설렌 표정으로 학교에 들어선 신입생들을 보면 나 역시도 이들과 함께 할 앞으로의 시간에 대한 기대로 마음이 설렌다. 그 앳된 얼굴들 틈에서 나이가 좀 들어 보이는 학생들에게 아무래도 한 번쯤 더 시선이 향한다. 나 역시 서른다섯 살 대학 신입생 시절이 떠오르기 때문이다.

나는 비교적 남들보다 늦된 편이다. 비록 어린 시절부터 무대에 섰다고는 해도 유명한 부모를 둔 덕에 어머니의 아역으로 무대에 선 셈이니 내 힘으로 선 무대는 이십대 후반 〈한네의 승천〉이 처음인 셈이다. 배우의 데뷔 치고는 늦은 편이었다. 한참을 돌아 그 자리에 선 기분이었다. 결혼도 당시 보통 사람들보다 늦은 셈이었다. 물론 그 결혼도 예정에 없던 것이었다. 딸아이가 생기지 않았더라면 나는 과연 결혼을 할 수나 있었을까. 인생은 모를 일이다. 배우의 전성기는 대부분

한창 힘과 목청이 좋은 젊은 시절에 찾아온다. 사람들은 나에게 언제나 전성기였다고 하지만, 나는 오히려 나이가 한참 들어서야 배우로서 전성기를 맞았던 것도 같다. 지난 시간을 돌이켜보니 내 인생이 대부분 그러했다.

이렇게 남들보다 늦된 것 중 빼놓을 수 없는 게 바로 공부다. 고등

석사학위 수여식 날 어머니와.

학교 졸업할 무렵 어머니가 쓰러지신 뒤 내게서 멀어져 버린 대학 진학의 꿈은 서른다섯이 되어서야 이룰 수 있었다. 대학에 가려면, 지극히 당연한 일이지만, 학력고사를 치러야 했다. 나이 들어 공부를 하는 것도 쉬운 일은 아니었지만, 시험을 치러 가는 것이 내게는 더 큰일처럼 느껴졌다. 젊디젊은 학생들 틈에서 학력고사를 치르는 건 나로서는 큰 용기를 가져야 하는 일이었다. 지금은 사는 방식들이 다양해져서 오히려 남들이 무엇을 해도 별 신경을 쓰지 않고 살지만, 그때만 해도 남들과 조금 다르면 주목을 받았다. 나이가 들어서, 더군다나 얼굴이 조금은 알려진 사람이 나이 들어 학력고사를 치른다는 건 여간 민망한 일이 아닐 수 없었다. 내가 사람들 앞에 서는 일을 하지만 무대가 아닌 시험장에서 주목받는 건 썩 내키는 일은 아니었다. 그렇다고 포기할 수는 없었다. 배우고 싶은 마음이 간절했다.

그런 까닭에 시험 보는 날 나는 행여나 시험장에서 누가 나를 알아보기나 할세라 시험을 치르자마자 마스크로 얼굴을 꽁꽁 감추고 나왔다. 무척 추운 날이었다. 지금도 그날을 생각하면 내 볼을 매섭게 스치던 한겨울의 찬 기운이 떠오른다. 떠오르는 건 한겨울의 찬 기운만이 아니다.

학교 앞에는 수많은 학부모들이 시험을 치르고 나오는 아들딸들을 간절히 기다리고 있었다. 스무 살 때 겪어야 할 일을 서른다섯, 이 나이에 하는구나 하는 생각이 드는 것도 잠시, 어떻게든 이곳을 얼른 빠져 나가야지, 생각하고 교문을 나서는 순간이었다.

"성녀야, 시험 잘 봤니?"

엄마였다. 젊은 학생들 틈에 끼어 있던 나이 든 수험생인 내가 눈에 띄는 존재였듯이 젊은 부모들 틈에 서 있는 나이 든 엄마 역시 눈에 띄는 존재였다. 늙은 엄마 손에는 젊은 다른 엄마들처럼 자식의 합격을 기원하는 엿이 들려 있었다. 엄마는 한겨울 찬 바람도 아랑곳 하지 않고 교문 앞에서 나이 든 자식의 합격을 기원했던 것이다.

평생 엄마는 집에서 남편이 벌어다 주는 돈으로 자식들 건사하며 사는 아내로서의 즐거움은 못 누리며 살았다. 늦잠 자는 딸을 깨워 학교에 보내는 것도, 학교 가는 딸의 손에 도시락을 싸서 들려 보내는 것도, 공부하는 딸 옆에서 함께 긴긴 밤을 보내는 것도 해보지 못했다. 나는 언제나 부모에게 그런 보살핌을 받지 못한 것을 아쉬워했다. 그런데 그날 교문 앞에 선 엄마를 본 순간 그동안 미처 생각하지 못했던 사실 하나를 깨달았다. 나의 아쉬움 못지 않았을 엄마의 아쉬움이 그것이었다.

내가 엄마의 보살핌을 한껏 받는 딸이 아니었던 게 아쉬웠다면, 엄마는 자식을 마음껏 보살펴 주지 못한, 엄마 노릇을 제대로 해보지 못한 아쉬움이 있었을 것이다. 하지만 나는 두 아이들의 엄마가 된 그 나이가 되어서도 미처 헤아리지 못했다.

차가운 교문을 붙잡고 서서 시험 치고 나오는 딸을 기다리는 엄마의 모습은 묘하게 반짝거리는 느낌이었다. 딸에게 제대로 엄마 노릇을 못해 준 미안함과 아쉬움에 엄마는 집 안에 앉아 있지 못했을 것이다. 그 아쉬움과 미안함에 춥디추운 한겨울에 하루종일 시린 발을 동동거리며 딸 나오기를 기다렸을 엄마를 보니 붉게 얼어 있던 뺨보다 속절

없는 세월이 더 가슴 아팠다. 그때 엄마 모습을 생각하면 알싸하게 찡했던 코끝의 기운이 함께 떠오른다.

엄마의 바람 덕분이었는지, 나이 들어 시험을 치른 대학에 합격했다. 푸릇푸릇한 20대 학생들과 다니는 일은 즐겁기도 하고, 버겁기도 했다. 그래도 배운다는 사실 하나가 주는 보람이 나를 밀어붙였다. 학교를 졸업하고, 내친 김에 대학원까지 다녔다. 뭐가 되겠다는 목표 때문이 아니라 단지 배움이 주는 기쁨을 계속 누리고 싶었다. 하고 있던 일들도 많아 대학원까지 졸업하는 데 10여 년이 걸렸다. 난 그 시간들이 무척 행복했다.

내 인생의 선물, 동생들

형제는 부모님이 내게 준 가장 큰 선물이다. 한 세상에 나와 같은 유전자를 나누고, 비슷한 감성과 재능을 가진 사람을 가족으로 둘 수 있다는 건 그 무엇과도 바꿀 수 없는 행운이다.

자녀를 많이 낳는다는 것 자체를 부담스러워 하는 요즘 세태를 보면 한편으로는 이해가 되면서도 또 한편으로는 안타깝다. 형제자매가 많은 가운데 살아온 나는 그들이 얼마나 내게 힘이 되는 존재들인지 알기 때문이다. 나의 형제자매들은 나의 예술적 동반자로, 든든한 기둥이자 버팀목으로 내 삶을 감싸 주고 있다.

어머니가 늑막염과 결핵으로 쓰러지신 후 맏딸인 난 실질적인 가장 노릇을 해야 했는데, 그때 만일 나의 형제자매들이 없었으면 얼마나 외로웠을지, 상상이 안 된다.

여동생 성애와 난 '비둘기 자매'라는 이름으로 가수 활동을 할 때, 우리는 〈까투리 사냥〉이라는 노래로 방송가에서 주목받고 있었다. 겉으로 보기에는 화려하고 주위에 사람들이 끊이지 않는 연예계 생활이었지만, 우리는 마치 세상에 단둘만 남은 것처럼 외로웠다. 그나마 그

어머니와 여섯 남매. 부모님의 피를 물려받아서인지 우리 육남매는 모두 예술계에 몸담고 있거나 인연을 맺고 살아왔다.

생활을 버틸 수 있었던 것은 피를 나눈 동생과 함께 있었기 때문이다. 내가 한숨을 쉬면 같이 힘겨워 해주고, 눈물 지을 때 같이 울고, 기쁜 일이 있으면 환하게 웃으며 내 손을 잡아 주던 내 핏줄. 그 핏줄의 힘으로 나는 숨넘어 갈 것 같던 시간을 넘었고, 피 토할 것 같던 순간을 밟으며 걸을 수 있었다.

가끔 동생들을 만날 때면 어려웠던 그 시절이 떠오르곤 한다. 나와 성애는 집에서 우리들을 기다리고 있을 동생들을 생각하며 목청껏 노래를 불렀다. 어머니의 품이 필요한 어린 아이였던 동생들은 이제 모두 각자의 영역에서 나름대로의 위치에 오른 어른이 되었다. 아버지와 어머니의 피를 물려받아서인지, 우리 육남매는 모두 예술계에 몸담고 있거나, 인연을 맺으며 살아가고 있다.

가수였던 둘째 성애는 판소리의 한 유파인 동초제를 사사받아 1994 년 중요무형문화재 제5호 판소리 이수자가 되었다. 동초제는 1930년대 김연수 선생이 이름난 명창들의 좋은 소리들을 골라 짠 소리제(판소리 의 전승 계보에 따라 음악적 특성을 나눈 것)를 말하는 것으로, 사설이 정확 하고 너름새(동작)는 정교하고, 부침새(장단)는 다양한 것으로 유명하다. 동생의 재능과 역량이 뛰어나 국악계에서 나름대로 일가를 이룬 것을 보면, 마음이 뿌듯하고 자랑스럽다.

넷째동생 성일이는 대학에서 예술 무용을 전공했지만, 대중 무용쪽 으로 진로를 잡았다. MBC 프로덕션 무용 단장을 거쳐 1988년 서울 올림픽 개·폐막식, 2002년, 한일 월드컵 개막식 등 굵직굵직한 행사에 서 안무가로 맹활약했다. 이후로는 뮤지컬로 방향을 돌려 2006년에는 〈풀 몬티〉에서 배우로 무대 위에 서기도 했고, 현재는 뮤지컬 연출가 로도 활동하고 있다.

성일이가 뮤지컬 쪽으로 방향을 틀게 된 건 IMF 때였다. 나라 경제 가 뿌리째 흔들리고 곳곳에서 구조조정이라는 단어가 심심치 않게 튀 어나올 무렵, 동생이 있던 MBC 무용단에서도 인원을 감축한다는 이 야기가 나왔다. 그때 고민을 많이 했던 동생은 회사를 그만두고 평소 하고 싶던 뮤지컬에 도전해 보기로 했다. 그때 자신의 돈 7천만 원을 투자해 만든 〈원스텝〉이라는 작품이 동생의 뮤지컬 데뷔작이 되었다.

힘든 환경에서도 꿈을 놓지 않고 새로운 길을 개척해 나간 동생을 보면서 많은 것을 배운다.

막내 성아는 해금 연주자로 국악계에서 활발하게 활동하고 있다. 동생이 해금에 관심을 갖게 된 것은 고등학교 시절이다. 어머니가 쓰러진 뒤 어려워진 집안 형편 때문에 전액 장학금을 지급하던 국악고에 진학하게 되었는데, 거기서 해금을 연주하게 되었다. 동생은 우연히 만난 해금의 매력에 점차 빠져들게 되었다. 1980년대 후반에는 〈누나의 얼굴〉이라는 국악 가요로 대학가에서 큰 인기를 얻기도 했다. 성아는 「국립국악원」 민속단원으로 연주 활동을 하면서 '젊은 명인'으로 뽑히기도 했고, 지금은 한양대 음악대학 교수로 재직하고 있다.

성아의 연주를 들여다 보면, 그 아이가 가진 풍부한 감성이 물씬 배어 나오는 것을 느낄 수 있다. 성아는 어렸을 때부터 남달리 감성이 풍부했다. 내가 시집 가던 날에는 형부에게 언니를 빼앗기는 것 같다며 펑펑 울 정도였다. 그런 모습을 보고 예전에는 심성이 너무 유약한 것이 아닌가 하는 걱정도 했었지만 19년 동안 꿋꿋이 해금을 연주하며 국악인으로서 자신만의 커리어를 쌓아 가는 모습을 보며 대견하고 대단하다는 생각이 든다. 성아는 부드러운 겉모습 안에 누구보다 단단하고 굳건한 심지를 품고 있는 아이다.

다른 두 동생도 한때 예술계에 몸담았던 적이 있다. 셋째 성희는 성악(소프라노)을 했고, 다섯째 성자는 한갑득 선생님으로부터 거문고 산조를 사사받고 「중앙국악관현악단」에서 거문고 연주자로 활동했다. 지금은 둘 다 주부로서의 삶을 살고 있지만 타고난 끼와 재능은 여전하다.

2006년에는 성아와 함께 무대에 선 적이 있다. 비록 우리 두 사람이 함께 공연을 한 것은 아니었지만 여러 모로 뜻 깊은 시간이었다. 나는 성아의 해금 연주를 들으며 목을 풀었고, 성아는 먼저 공연을 마치고 대기실에서 내가 부르는 〈귀거래〉, 〈가야송〉 등 국악 찬불가를 들으며 쉬어 가는 시간을 가졌다.

형제자매들이 모두 예술인의 길을 걷는다는 것이 반드시 좋지만은 않다. 예술이라는 것이 돈이 되는 것도 아닌데, 그 과정은 뼈를 깎아 내는 것처럼 고통스럽기 때문이다. 그러나 이렇게 한무대에서 함께 시간을 나누는 것은 그 어느 것보다 기쁜 일이기도 하다.

지금 우리 육남매가 모두 무사히 자신의 길을 추구하며 살고 있는 것은 부모님 덕분이 아닌가 싶다. 우리가 가진 예인의 피는 모두 부모님의 선물이다. 사람이 살면서 가장 결정하기 힘든 것 중 하나가 자신의 진로이다. 그런데 우리는 타고난 끼와 재능이 있었기에 그저 하고 싶은 대로, 흘러가는 대로 몸을 맡기며 살아 왔다. 오래전, 어머니가 쓰러지셨던 그날에는 하늘이 무너진 것 같았고 이 험난한 예술계에서 앞으로 어떻게 살아가야 하나 하는 심정에 막막했다.

오랜 세월이 흐른 지금, 가끔 신문을 뒤적이다 예술계 곳곳에서 활약하는 동생들의 소식을 접할 때면 막막했던 그때가 떠오른다. 부모님이 우리에게 주신 재능이라는 축복도 분명 힘이 되었겠지만 그 힘든 시간들을 잘 버텨온 가장 큰 원동력은 같은 길을 가 준 형제자매들, 그 핏줄의 힘이라 생각한다.

제6장 배우며 가르치며

마흔아홉에 강단에 서다

인연은 인연을 부르고, 하나의 씨앗은 또 다른 씨앗을 낳는다. 늦게 시작한 공부를 해 나가면서 나는 자연스럽게 강단에 설 일이 생겼고, 한 번 서기 시작하니 그 일은 계속 새로운 일들의 시작이 되어 주었다. 그리고 나는 배우라는 타이틀에 교수라는 새로운 타이틀을 얹게 되었다. 내 나이 마흔아홉의 일이었다. 그 역시 남들보다 한참 늦은 셈이다.

남들보다 늦게 대학에 들어가 공부를 시작할 때 그저 내가 모자란 점을 채워야겠다는 생각만 했다. 훗날 대학 강단에 서서 누군가를 가르치게 될 것이라고는 꿈도 꾸지 못했다. 다른 학생들이라면 자연스럽게 가져 봄직한 그런 바람은 나와는 전혀 관계가 없는 일이라고만 생각했다. 그런 바람을 갖기에는 연기와 공부를 병행하는 것만으로도 너무 벅찼다. 그러나 역시 사람의 일은 알 수가 없다.

뒤늦게 공부를 해 나가고 있는 나에게 강단에 서 보지 않겠느냐는 제안이 들어왔다. 학교 밖에서 소질 있는 배우들을 많이 만나긴 했지만, 좀더 체계적으로 우리의 소리를 계승해 나갈 젊은 예술가들을 키워야 한다는 생각을 갖고 있던 나로서는 무척 관심이 가는 제안이었다.

그렇지만 이미 몸이 열 개라도 모자랄 만큼 나는 너무 많은 일을 하고 있었다. 그런 가운데에 강단에까지 선다는 것은 무리일 것 같았다. 난 그 제안을 선뜻 받아들일 수 없었다. 한동안 고민했다. 강단에 서는 일이 나의 명예나 이로움을 위한 것이었다면 단박에 거절했겠지만, 누군가 나서서 우리의 소리와 연기를 체계적으로 가르치는 일이 꼭 필요하다는 생각을 오랫동안 해온 터라 쉽게 거절할 수 없었다. 많은 국악인들이 바라던 대로 이제 대학의 울타리 안에서 우리의 소리와 몸짓을 배우고 가르칠 자리가 마련이 되었는데, 내 할 일이 많다고 마다하는 것도 이기적인 생각인 것도 같았다.

나는 복잡하게 가지를 뻗어 나가는 생각의 꼬리를 잘라 내고 스스로에게 질문을 던졌다. 강단에 서는 것이 조금이라도 나의 이로움을 위한 것인가. 그렇지 않았다. 그 자리에 서게 된다면 잘 해낼 자신이 있는가. 다른 건 몰라도 현장에서 익히고, 힘들게 공부해 온 것이 있으니 내가 배우고 경험한 걸 열심히 가르치면 될 것 같았다. 그렇다면 해보자고 마음을 고쳐먹었다. 이왕 서게 되었으니 강단에서 제대로 된 선생 노릇을 하겠다고 굳게 다짐했다. 어렵게 내린 결정인 만큼 후회할 일을 만들지 말아야겠다고 생각했다.

강단에 서기로 했다는 나의 결정을 가족들에게 알리자 딸과 아들이 내게 이런 말을 해주었다. 좋은 스승이 되기 위해서 진심으로 학생들을 사랑하고, 스킨십을 많이 해주고, 무엇보다 엄마 스스로 실력을 갖추라고. 선천적으로 스킨십을 못하는 건 타고난 것이니 할 수 없지만 학생들을 진심으로 사랑하고 믿음을 주는, 그리고 나부터 실력을 갖추기 위해 끊임없이 노력하는 스승이 되겠다고 약속했다. 그리고 강단에 서는 동안 이 약속을 지키기 위해 노력해 왔다.

아이들의 요구가 아니더라도 나는 정말 최선을 다해 가르칠 결심을 몇 번이나 다짐했다. 그것은 뒤늦게 대학에 다니며 가르치고 배운다는 것의 소중함을 누구보다 절실하게 깨달았기 때문이기도 했다. 강단에 설 때마다 나는 배우고 가르치는 것이 얼마나 귀하고 소중한 것인지 한순간도 잊을 수가 없다. 만일 내가 스무 살에 어려움 없이 대학에 들어가서 강의를 들었다면, 그렇게 또 순탄하게 공부를 계속하여 강단에 섰다면 아마 다른 마음이 들었을지도 모른다. 그랬다면 강의실에 앉아서 배우고 있는 학생들이나 가르치고 있는 나에게 강의실은 그저 하나의 일상으로 흘러갔을지도 모른다. 그렇지만 이 자리에 앉고 싶어도 앉지 못했던 20대의 나처럼, 어쩌면 누군가에게는 이 자리에 함께하는 것이 간절한 꿈일 수도 있다는 생각을 머리 한편에서 지울 수가 없었다. 힘들게 얻은 것일수록 귀하게 여겨지는 것은 인생의 진리다.

강단에 서는 기쁨

강단에 서면 나는 숙연해진다. 대학에 들어가 공부하는 게 간절한 꿈이었던 나에게 이 자리는 한순간도 불성실하게 있으면 안 되는 공간이었다. 때문에 이 자리에 와 있지 못하는 수많은 사람들의 몫까지 치열하게 살아 내야 한다고 나는 늘 마음에 되새긴다.

그런 때문인지 나는 학생들에게 엄격한 편이다. 학생들은 나에게 호랑이 선생이라는 별명도 모자라 '독사', '쌍칼'이라는 무시무시한 별명을 붙여 놨다. 아무리 애틋하고 사랑스러운 학생이라도 성실하지 못한 모습을 보이는 순간 누구보다 냉정하게 지적하기 때문이다. 때문에 학생들은 내 앞에서 무척 긴장한다는 걸 알고 있다. 학생들 앞에서는 무섭지만 나는 제대로 가르치는 선생이 되고 싶다.

그건 아마 내가 어릴 때부터 눈물을 쏙 빼며 엄하게 배워 왔기 때문이기도 할 것이다. 학교를 늦게 다니긴 했지만 내게 배움은 학교에서만 이루어진 것이 아니다. 지금의 내가 되기까지 무대를 둘러싸고 많은 선배와 선생님들이 계셨다. 그런데 그 숱한 선배와 선생님들 가운데 호통도 치고 매도 들었던 무서운 분들에게 배운 것이 지금도 선명하게 기억이 난다. 물론 친절하고 상냥하게 가르쳐 주셨던 분들의 좋은 기억도 남아 있다. 하지만 무엇을 배웠는지는 잘 떠오르지 않는다. 무서운 분들 앞에서는 아무래도 야단을 맞지 않기 위해서 더 긴장하고 노력을 했을 것이고, 자상하고 친절한 분들 앞에서는 나도 모르게 조금은 느슨해졌을 것이다. 그런 내 경험 때문인지 나는 학생들에게 친절한 선생보다는 세월이 흘러도 엄격함으로 기억되는 선생이 되고 싶었다. 그것이 결과적으로 학생들을 위해서 옳은 것이라는 생각은 변함이 없다.

학생들은 내가 나타나면 백 미터 안에는 발도 들여놓지 않으려 하였다. 학생들이 나를 보고 슬슬 피해 다니는 걸 알고 마음이 편한 건 아니었지만 그래도 나는 더 강하게 밀고 나갔다. 학생들에게 학교 안에서 보는 세상이 전부는 아니라는 걸 일러 주고 싶었기 때문이다. 학교 밖으로 나가는 순간 무대가, 관객이, 얼마나 냉정하고 무서운지, 그 무서운 세상에서 오로지 스스로를 지켜 내는 건 실력밖에 없다는 걸 깨우쳐 주고 싶었다. 그래서 순간 인정에 끌려 느슨해지려는 내 마음을 다잡곤 했다. 나한테 혹할 정도의 지적을 받고 울며 뛰쳐나가는 학생도 있었다. 나는 그 눈물이 그저 한순간 감정으로 끝나지 않고, 그 학생에게 약이 되기를 바라는 마음으로 더 매섭게 몰아붙였다.

연기도 소리도 어느 정도의 경지에 이르기 위해서는 이루 말할 수 없이 괴롭고 힘든 자기와의 싸움에서 이겨야 한다. 그 경지에 이르기 전, 한순간이라도 방심하는 순간 그동안의 모든 노력은 물거품이 된다. 그렇게 좌절하고 무대를 떠나는 젊은 배우들을 숱하게 보아 왔다.

하긴 어디 젊은 배우뿐이랴. 오랜 시간 동안 무대에 섰지만, 무대는 언제나 살얼음판 같다. 연륜이 쌓이니 다른 배우가 무대에 설 때 그 배우의 손가락 하나까지 다 들여다보인다. 다른 사람들 눈에 나 역시도 그럴 것이라 생각하면 손끝 하나 자유로울 수 없다. 그런 곳이 무대다. 그렇기 때문에 나는 내 제자가 된 이상 적어도 중간에 좌절하는 일만큼은 없도록 하고 싶었다.

다행히 많은 학생들이 힘들어 하기는 했지만 잘 따라와 주었다. 내가 무섭게 하면 할수록 학생들은 무섭게 성장해 나갔다. 나는 더 치열하게 학생들을 대했고, 학생들은 내가 생각한 것 이상으로 자신과의 싸움을 잘 이겨 나갔다. 그렇게 졸업 시킨 학생들이 이제는 어엿한 배우로, 예술인으로 활동하고 있다. 그들 중 몇몇은 함께 공연을 다니기도 했고, 또 몇몇은 함께 마당놀이 무대에 서기도 했다. 내가 가르친 학생들이 배운 것을 토대로 자기의 기량을 맘껏 펼치는 모습을 보는 것이 얼마나 뿌듯한가는 가르쳐 보지 않은 사람은 아마 짐작하기 어려울 것이다. 비록 냉정하고 무서운 선생 밑에서 배우느라 고생은 했겠지만, 난 그렇게 가르치고 배우는 과정을 통해 우리 전통 예술의 맥이 이어진다는 사실에 큰 자부심을 갖는다. 가르치는 내가 그럴진대 배우는 학생들이야 오죽하랴. 비록 중간에 침체기도 있었겠지만, 노력하면 노력한 만큼 성장하는 것을 몸으로 느끼면서 한 발 한 발 내딛는 모습을 보고 있노라면 그 어떤 것보다도 보람이 있다.

학생들을 가르치며 보람을 느끼는 즐거운 순간도 많았지만, 때때로 힘든 상황도 많았다. 처음 교수로 임용되어 신입생을 받을 때 학생들

국악과 학생들의 《춘향전》 공연. 도창을 맡았던 민은경은 지금 「국립창극단」의 주역으로 활동하고 있다.

만큼 나 역시도 무척 설레었다. 내가 가르칠 학생들에 대한 기대감과 호기심은 그들의 면면을 꼼꼼이 살펴보게 하였다. 수많은 지원자들 중, 외부에서 수상한 경력이 있는 학생들을 특차로 우선 뽑고, 그 뒤에 정시를 통해 학생들을 뽑았다. 특차로 뽑혔으니 실력이 훨씬 출중하리라 기대한 것은 당연했다. 그런데 막상 학기가 시작되고 특차로 뽑은 학생과 정시로 들어온 학생을 모아 놓고 가르쳐 보니 전혀 예상과 다른 상황이 펼쳐졌다. 특차로 뽑은 학생들의 자질이 정시로 들어온 학생들보다 낫기는커녕 오히려 떨어지는 경우가 있었다. 어떻게 이럴 수가 있는가. 알고 보니 수상 경력 중에는 돈으로 주고받는 것들이 허다한 것이었다. 오히려 몰랐던 나만 순진한 사람 취급을 당했다.

문제는 특차로 뽑힌 아이들만 있는 게 아니었다. 정시를 통해 신입생을 뽑을 때도 역시 문제가 있었다. 정시를 통해 신입생을 뽑을 때는 보통 5명의 심사위원들이 심사를 한다. 심사위원마다 보는 관점이 다르기 때문에 기준이 모호하다. 따라서 정말 재능 있는 학생이 뽑힐 수도 있고, 그렇지 않을 수도 있다. 실기를 위주로 하는 시험 제도가 갖는 구조적인 한계라고 할 수 있다. 그런데 문제는 이런 모호한 기준을 이용한 사설 레슨이 성행한다는 사실이다. 사설 레슨을 하는 이들은 미리 심사위원들의 성향을 파악하고, 심사위원의 입맛에 맞게 아이들을 코치하고 레슨비를 받아 챙긴다. 이렇게 사설 레슨을 받고 온 학생들은 심사위원의 기준에만 맞추느라 정작 자기만의 특징을 보여 줄 기회는 없다. 또한 레슨을 받지 않고 순수하게 지원한 학생들은 뜻하지 않게 불이익을 당하는 결과를 초래한다. 이게 무슨 모순인가.

국악계 비리 사건이 터져 나라가 온통 시끄러울 때의 일이다. 대회에 나가 상금 천만 원을 탄 학생이 그 돈을 고스란히 선생님에게 갖다 바쳤다는 사실이 검찰 수사 과정에서 알려졌다. 학생은 선생님께 감사하는 마음으로 드린 것인데 왜 죄가 되느냐고 물었고, 선생은 학생이 준 돈을 받은 것뿐인데 왜 죄가 되느냐고 물었다고 한다. 정말 어이없는 일이다.

부끄러운 일이지만 이런 문제들은 사실 국악계의 오랜 관행 중 하나였다. 예전부터 선생님에게 돈을 갖다 주는데, 물론 학생이 주는 것이 아니라 학부모가 건넨다. 학부모들 마음이야 '우리 아이 좀 신경 써주십시오.' 하는 뜻이겠지만 아무래도 돈을 받은 선생 입장에서는 당연히 그 학생에게 좀더 신경을 쓰게 되고, 차차 그것에 재미를 붙이게 된다. 그러면 어느새 돈을 건넨 부모의 아이에게만 신경을 쓰게 된다. 악순환이 거듭되는 것이다. 애초에 이런 관행이 없었으면 좋았으련만 이미 공공연한 일이었다. 그런데 이런 것이 대학 입시에도 영향을 주고 있다는 것은 개탄하지 않을 수 없는 일이었다. 이런 분위기에서 선생 노릇을 제대로 해 나갈 수는 없었다. 칼같이 끊기 시작했다. 이런 일은 차차 줄여가겠다고 하면 나도 모르게 그 관행에 젖어들게 마련이다. 애초에 싹을 잘라야 한다고 생각했다. 아이를 키워 오며 국악계의 오랜 관행에 익숙해져 있었던 학부모들은 오히려 당황하는 듯도 했다. 그러나 내 뜻을 굽히지 않았다. 나 역시 배우는 입장이었을 때 이런 일 때문에 힘들지 않았던가. 여기서 끊어 내지 않으면 계속해서 반복될 것이 자명했다. 선생이 돈을 받는 모습을 본 학생들이 훗날 선생의 자리에 서게 되었을 때 본 대로 배운 대로 똑같이 하지 않는다고 누가 말할 수 있겠는가. 그렇게 해서 실력 없는 이들이 국악계를 채우게 되고, 점점 국악계가 고사되어 간다면 그 책임은 누가 질 것인가.

나는 이 고리를 끊어야 수많은 후배들이, 더 나아가 우리 국악계가 발전할 것이라고 믿는다.

배우로서의 삶을 가르치고 싶다

나에게도 연륜이 생긴 걸까. 처음 강단에 설 때만 해도 엄격하고 무섭게 가르치는 것만이 최고의 방법이라고 생각했던 내 교수법에도 조금 변화가 생겼다. 못하면 다시 하라고 다그치는 대신 조금 아쉽지만 괜찮다고, 다음에는 더 잘하라고 용기를 주는 일이 훨씬 많아졌다. 그래서인지 백 미터 반경 안에는 들어오지도 못했던 학생들이 이제는 앞다퉈 내게 인사도 건네고, 살갑게 대한다.

이런 변화는 어디에서 비롯된 것일까. 강단에 서서 학생들을 가르쳐 온 지난 시간 동안 배운 것은 학생들만이 아니었다. 학생들을 가르치면서 나 역시도 배운 것이 많다. 그 중에서 가장 큰 배움은 기다릴 줄 알아야 한다는 것과 연기도 노래도 한순간에 완성되는 것이 아니라는 사실이다. 이것을 나는 무대에 거듭 오르면서, 그리고 학생들과 부대끼면서 깊이 깨달았다. 결국 완성을 향해 끝없이 나아가는 것이 무대 위의 삶이라면 강단에서는 긴 호흡으로 마라톤을 하듯이 끈기를 가져야 한다는 것을 알게 되었다. 무대 위에 서는 사람이 언제나 변함없이 자신의 역할에 최선을 다하는 것은 당연한 말처럼 여겨지지만

스스로의 무대에서 빛이 날 때까지 끝없이 갈고 닦는 자세를 학생들에게 가르치고 싶다. 사진은 학생들의 〈춘향전〉 공연 모습.

그리 쉬운 일이 아니다. 무대 위에 서면 설수록 유혹은 많아지고 고민은 깊어지게 마련이다. 아무리 노력해도 언제나 제자리를 맴도는 듯한 자신의 실력과 마주하는 순간, 무대 밖으로 도망치고 싶은 유혹은 얼마나 강렬한지. 나보다 나을 것 없어 보이는 동료 배우가 의외의 환호성을 받는 모습을 지켜볼 때 이 일이 과연 나의 길인가 하는 회의는 또 얼마나 파도처럼 밀려오는지. 그럴 때 스스로를 무대 위에서 도망치지 않도록 붙들어 매는 것은 바로 긴 호흡으로 이 길을 걸어 가고자 하는 강렬한 의지다.

강단에 처음 설 때 학생들에게 실력이 우선이라고 쉬지 않고 다그치던 내가 조금 여유 있게 그들을 대하기 시작한 것도 내가 학생들에게 가르쳐 줘야 하는 것이 실력만이 아닌 무대를 대하는 이러한 마음가짐임을 깨달았기 때문이다.

나 역시 내 뜻대로 되지 않아 좌절할 때가 많다. 특히 나라면 훨씬 더 잘할 것 같은 배역이 다른 배우에게 기회가 돌아갈 때의 좌절은 말도 못한다. 또한 기껏 내게 기회가 주어졌는데 내가 원하는 만큼 내 연기나 노래가 마음에 차지 않을 때의 공포는 이루 말할 수 없다. 그럼에도 불구하고 무대를 떠나지 않을 수 있었던 건 무대만이 내가 지켜야 할 내 자리라는 생각 때문이었다. 숱한 좌절과 고민, 회의와 유혹이 파도처럼 나를 덮쳐도 내가 서 있어야 할 자리를 굳건히 지키고 있다면, 기회가 내 것이 되어 다시 내 앞에 나타날 것이다.

오래 강단에 서며 내가 깨달은 것도 이것이다. 연기와 노래를 잘 가르친다고 해서 좋은 선생이 되는 것은 아니라고 생각한다. 내가 강단에 서서 학생들에게 전해야 하는 것은 완성된 무대를 향해 포기하지 않고 꾸준히 노력하며 나아가는 마음자세라고 생각한다. 그것이야말로 남들보다 늦게 배우가 되고, 학생이 되고, 강단에 서면서 내가 배운 것이다. 그것은 지금도 무대 위로 나를 밀어 올리는 에너지의 원천이 된다. 내가 평생 배우로 살면서 좌절과 시련 등 어려운 시간을 견디며 지금 이 자리에 서 있듯 배우를 꿈꾸는 학생들 역시 오래오래 무대 위에서 자신의 새로운 인생을 써 내려가게 될 것이다.

나에게 배운 수많은 학생들이 나에게 배운 것이 무엇이냐는 질문을 받는다면 어떤 대답을 할까. 그 가운데 한 명이라도, 김성녀 선생님은

'배우가 되려는 방법'만이 아니라 선생님의 인생을 통해 '배우로서의 삶'을 가르쳐 주는 그런 선생이었다고 말해 준다면 강단 위에서의 내 삶에 더 이상 바랄 것이 없다.

대본이 주는 힘

나이가 들면서 점점 기억력이 쇠퇴해지는 것은 자연의 현상일지도 모르겠다. 옛날 일들은 기억이 많이 흐려져 머릿속에 잘 떠오르지 않는다. 가끔 며칠 전에 무엇을 했는지, 방금 무슨 말을 했는지 잊어버리는 경우도 있다.

그런데 희한하게도 대사만큼은 잘 잊어버리지 않는다. 배우가 천직은 천직인가 보다. 매해 〈벽 속의 요정〉을 무대 위에 올리고 있는데, 공연 전날 대본을 한번 훑어보면 모든 대사들이 자연스럽게 떠오를 정도다.

〈벽 속의 요정〉뿐만이 아니라 다른 작품들도 마찬가지다. 어떤 장면, 어떤 행동, 어떤 대사, 단 하나만 떠올려도 순식간에 그때 그 배역으로 돌아가게 된다. 내 입에서는 대사가 자연스럽게 나오고 그때의 감정, 느낌들까지 되살아난다.

대본은 극의 뼈대이고, 배우들에게는 연기의 청사진이다. 어떤 배우들은 대본을 작품 선택의 기준으로 삼으며 공연하는 내내 대본을 붙들고 분석하고 또 분석한다.

보통 연극에서는 희곡이 나오고, 거기에 맞는 캐스팅이 이루어진다. 그렇게 배역이 정해지면 배우에게 대본이 주어진다. 배우란 늘 연출자나 작가들에게 선택받는 입장일 수밖에 없다.

나는 대본을 집중적으로 분석하거나 학구적으로 파고드는 타입의 배우는 아니다. 대본을 받으면 주로 내가 연기하게 될 배역이 어떤 캐릭터인지, 내가 어떻게 표현해 낼 수 있을 것인지를 중점적으로 본다. 대사를 외운다기보다 내가 그 인물이 먼저 되어 보고, 그 인물의 내면의 감정을 대사에 넣어 표현하고자 한다.

어떻게 보면 내가 대본을 보는 방식은 숲이 아니라, 나무를 보는 것이라고 할 수 있다. 그러나 너무 나무만 보다 보면 간혹 숲을 보지 못하는 우를 범하기도 한다.

크고 작은 비중의 배역들과 함께 앙상블을 이루어 내면서 극을 이끌어 가야 하는데 자신의 배역에만 몰두하다 보면, 극의 큰 흐름을 놓치게 되고, 극에 상관없이 자신만의 연기를 하게 된다.

남편은 그럴 때마다 바둑 훈수를 두듯이 명확한 조언을 해준다. 뮤지컬 〈댄싱 섀도우〉를 공연할 때였는데, 연출자가 외국인이라 의사소통이 원활하지 않았다. 나를 포함한 대부분의 배우들이 연출자와 상의해서 연기 톤을 맞춰 나간다. 그런데 연출자가 자신의 뜻을 명확히 전달하지 않으면 배우는 사신이 생각하는 연기를 밀고 나갈 수밖에 없다. 공연 전날, 리허설 때 내 연기를 지켜보던 남편이 객관적인 시각으로 조언을 해준 덕분에, 외국인 연출가와 나 사이의 간극을 메울 수 있었다.

1인 32역을 맡아 연기한 〈벽 속의 요정〉. 이 작품은 자연스럽게 감정과 느낌을 가져올 수 있는 매력적인 대본으로 자연스럽게 연기를 할 수 있었다.

스스로를 돌이켜볼 때, 나는 대본을 보는 눈이 그리 좋은 편은 아니다. 한 번은 이런 일이 있었다. 〈칠산리〉라는 대본이 들어왔는데 대강 읽어 보니 배역도 그저그런 데다 재미없는 느낌이 들었었다. 그래서 안 한다고 했는데 나중에 보니 그 작품이 대한민국 연극제에서 대상, 여우주연상을 탔다. 내가 보는 관점과는 다른 예술적인 부분이 풍부했던 작품이었던 것이다. 좋은 기회를 놓친 것 같은 마음에 그 작품을 떠올리면 지금도 안타깝다.

비록 대본 보는 눈이 그리 뛰어나지 않고, 때때로 대본의 큰 틀을 놓치고 연기하기도 하지만, 어쨌거나 수십 년 동안 큰 문제없이 배우 생활을 해온 것에는 연극이라는 장르가 가지고 있는 장점의 덕이 크다. 연극이라는 건 대본과 주연 배우만 있다고 해서 뚝딱 만들어 낼 수 있는 것이 아니다. 배우의 연기를 이끌어 내고 조율하는 연출자, 주연 배우와 함께 앙상블을 만들어 낼 조역들, 극에 필요한 세트와 의상, 소품을 준비하는 스태프 등 많은 사람들이 함께 만들어 낸다. 대본이 그 모든 것의 밑바탕을 만들어 주지만 결국 완성시키는 것은 무대 밖에서 도와 주는 사람들이기에 그들과 함께 할 때 부족한 배우도, 조금 모자란 대본도 모두 멋지게 살아나게 된다.

매력적인 배역이 등장하는 대본을 볼 때, 난 참 행복하다. 대본이 주는 새로운 세계로 들어가는 느낌이 오늘도 나의 가슴을 뛰게 하는 건 부정할 수 없는 사실이다.

좋은 배우의 조건

인터뷰를 하다 보면 가끔 이런 질문을 받곤 한다.

"좋은 배우가 되기 위해 가장 중요한 조건은 무엇입니까?"

이런 질문을 받으면 새삼 생각해 보게 된다. 나는 어떠한 조건을 충족시켰기에 배우 일을 하고 있는 걸까? 쉽게 답이 나올 수 있는 질문은 아니다.

배우에게 관객들의 박수갈채와 응원은 절대적인 것일 수 있다. 나 또한 아무리 몸 상태가 안 좋고 연기하기가 힘든 날이라도, 공연이 끝난 뒤 관객들이 보내는 박수소리를 듣고 있으면 씻은 듯이 피로가 사라지는 신기한 경험을 공연 때마다 한다.

배우는 관객과의 소통에서 에너지를 얻는다. 관객의 반응에 따라 같은 작품을 해도 연극은 달라지기 마련이다. 〈벽 속의 요정〉을 할 때면 1인 32역을 해내는 그 정신없는 가운데에서도 나는 틈틈이 관객들의 반응을 살핀다.

연극이 진행되는 와중에 아예 관객들과 대화를 주고받으며 진행되는 부분도 있다. 나는 달걀 장수가 되어 바구니 하나를 들고 객석을 오르내린다. 내 넉살에 관객들은 와 하고 웃기도 하고, 때로는 용기 있게 말을 건네오기도 한다. 그렇게 에너지를 주고받는 과정이 나에게는 큰 힘이 된다. 그 힘이 나를 매번 무대 위에 서게 만든다.

가끔 이런 생각을 한다. 무대 위에서 내가 아무리 연기를 잘해도 100퍼센트 완벽하게 해내기는 힘들다. 그날그날의 컨디션, 연기 호흡에 따라 자잘한 실수가 나오기도 하고 마음먹은 대로 연기가 나와 주지 않기도 한다.

그런 부족한 부분들을 채워 주는 것이 바로 관객은 아닐까? 그들이 무대 위에서 연기하는 나와 함께 호흡을 맞춰 주고, 연극이 끝났을 때 열화와 같은 격려와 성원을 보내는 순간 내 연기는 비로소 100퍼센트가 되는 것이 아닐까?

그러기에 나는 어떠한 일이 있더라도 약속된 공연을 꼭 마치려고 노력한다. 감기가 들어 목소리가 나오지 않고 몸이 천근만근 무거울 때도 무대 위에 서고, 뼈가 부러져도 깁스를 하고 무대 위에 선다.

관객과의 약속을 지키기 위해서, 프로 배우로서 내 몫을 다 하기 위해서, 나는 손 하나 까딱하기 힘든 상황에서 스테로이드 주사를 맞아가며 어떻게든 무대 위에 섰고 앞으로도 그럴 것이다.

좋은 배우가 되기 위한 조건이 무엇인지, 그 정답은 알 수 없다. 많은 사람들이 반듯한 몸, 올바른 정신, 정확한 화술, 뛰어난 재능을 말한다. 나는 거기에 덧붙여 관객과의 약속을 귀하게 여기고 소중히 하는 마음, 관객을 무서워할 줄 아는 겸손함을 가진다면 그것이 가장 좋은 조건이 아닐까 생각한다. 배우가 아무리 힘들고 지쳐 있어도, 성심

성의껏 최선을 다해 연기하면 관객은 무한한 성원으로 보답해 준다.

그 순간의 환희를 맛보고 싶어서, 나는 매번 또 다시 무대 위에 선다.

연극 무대는 인생의 한 단면이다.

아무도 인생을 숙제처럼 살지 않듯 연극 무대도 그래야 한다.

초심을 유지한다는 것

대한민국에서 배우로, 그것도 TV나 스크린이 아니라 무대 위에서 연기하는 배우로 살아간다는 것은 쉬운 일이 아니다. 연극 배우들이 배고프다는 이야기는 워낙 잘 알려져 있어서 말할 것도 없고, 경제적인 문제 외에도 힘든 점은 많다.

요즘 연극 무대에서 활동하는 젊은 배우들을 보면, 상당수가 무대를 다른 매체로 옮겨가기 위한 발판 정도로 생각하고 있는 것 같다. TV나 영화를 통해 스타가 되면 짧은 시간 안에 큰돈을 만지고, 유명해질 수 있으니 어떻게 보면 그렇게 생각하는 것도 당연하다. 그러나 밤하늘에 빛나는 별도 언젠가는 유성이 되어 떨어지듯이 스타가 된다고 해도 연기로 오랫동안 사람들의 사랑을 받으며 자신의 위치를 유지하는 것은 힘들다.

배우로서 오랫동안 연기해 오며 내가 경계하는 것이 있다면, 그건 바로 '초심'을 잃어버리는 것이다. 연극계에선 오랜 경력을 가진 노배우들에겐, 연출을 비롯해 그 누구도 연기에 대해 함부로 터치하지 못한다.

나도 점점 나이가 들고, 언젠가는 노배우 대열에 합류하게 될 것이다. 젊은 연출가들은 이미 나에게 연기에 대해 시시콜콜하게 이야기하기 힘들어 한다.

그럴 때, 스스로 나의 연기에 만족해 버리면 연기 유형이 그대로 굳어 버린다. 끊임없이 변신을 거듭하고, 더 나은 연기를 보여 주어야 하는 배우들에게 유형이 굳어져 버린다는 것은 치명적이다.

현재 내 상태에 만족하고, 자신의 연기를 반복하는 것은 어떻게 보면 자만이라고 볼 수도 있다. 내 위에 있는 선배들보다, 아래쪽에 있는 후배들이 더 많아지기 시작하면 자만에 빠지기 쉽다. "나 김성녀, 이 정도 해." 하는 자만심. 오랫동안 연기를 해온 사람에게 찾아오는 이런 자만심은 독과 같다. 언제나 경계해야 하는 독.

자만심을 이겨 내는 가장 좋은 방법은 초심을 잃지 않는 것이다. 나는 작품에 들어갈 때마다 모든 배우를 라이벌이라고 생각한다. 나보다 선배는 물론이고 파릇파릇한 신인들까지도 라이벌로 삼는다. 그들을 이기겠다는 것이 아니라, 마치 처음 연기를 시작하는 사람처럼 긴장감을 놓지 않기 위해서다. 초심을 유지할 수 있어야, 매일 새로워져야 하는 배우의 본분을 지킬 수 있다.

요즘은 연출자들에게도 먼저 다가간다. 작품을 할 때면 "이건 이렇게 해볼까? 아니면 저렇게 해볼까." 하고 말을 건네고 적극적으로 의견을 나눈다. 그렇게 벽을 허물고 다가서면 연출자들도 가감없이 자신이 원하는 바를 이야기 한다. 그렇게 서로 원하는 지점을 찾아가는 과정에서 틀에 박혀 있던 연기가 아닌, 살아 있는 연기가 나온다.

담배, 술, 커피처럼, 몸에 해로운 것들을 멀리하고, 언제나 목 컨디션을 챙기는 것도 초심을 지키기 위해서다. 배우는 무대 위에서 최상의 컨디션을 유지시킬 의무가 있다. 그것이 관객에 대한 예의이고 기본적인 자세다. 흔히 연극 배우 하면, 밤낮 가리지 않고 술을 마시는 줄 아는 사람들이 많다. 술 좋아하는 배우들이 많은 것도 사실이다. 그런데 내 입장에서 그들을 보고 있으면 걱정이 된다. 저렇게 술을 많이 먹고, 다음 날 연기를 할 수 있을까? 지켜보면 어떤 배우들은 아무리 술을 많이 먹어도 연기를 잘한다. 신기하다는 생각이 든다. 나는 그런 유형의 배우는 아니다. 공연에 맞춰 몸 상태를 체크하고, 컨디션을 조율해 가며 연기하는 것이 내 작업 방식이다.

나이들수록, 경력이 쌓일수록 초심을 유지할 수 있어야 매일 새로워져야 하는 배우의 본분을 지킬 수 있다. 사진은 〈유리 동물원〉 포스터 사진 중 하나이다.

대한민국에서 연기를 하며 살아가는 배우라면 누구나 대중들의 사랑을 갈구할 것이다. 나도 마찬가지다. 하지만 대중의 사랑은 물거품과 같다. 대중의 관심이라는 것은 언제나 새로운 배우, 더 매력 있는 배우에게로 옮겨 간다.

배우는 대중의 사랑에 연연할 필요가 없다. 물론 대중 예술을 하는 이에게 쉬운 일은 아닐 것이다. 하지만 대중들의 사랑을 갈구하기보다, 스스로가 자신을 사랑하고 자신에게 집중할 때 대중에게 오래 사랑받을 수 있는 가능성이 열린다.

어떤 사람들은 재능을 맘껏 펴 보지 못한 채 하루 아침에 사라지고, 어떤 사람들은 화려한 스포트라이트를 받으며 스타가 된다. 그 속에서 오랫동안 연기하며 살아가기 위해서는 초심을 지키며, 그 누구보다 자신을 사랑하고 믿어야 한다. 이제 노년을 앞둔 배우로서, 나는 매일 이 진리를 마음속으로 되새겨 보고 있다. 마지막까지 배우로 남기 위한 나만의 노력이다.

배우와 연출자

배우와 연출자는 서로 작품 해석을 공유하면서 작품의 완성도를 높여 가는 관계이다. 신인 배우의 경우에는 대부분 연출자의 뜻에 따라 연기를 하지만, 오랜 경륜의 배우들은 연출자와 긴밀한 소통을 하면서 함께 작품을 만들어 간다. 때로 이견이 생기면 충돌하기도 하면서 그 간극을 좁혀 나가는 것이다. 대부분의 경우 배우보다는 연출자가 객관적인 시선을 가지고 있다. 배우는 자신의 캐릭터에 빠지기 십상이지만, 연출자는 전체 극의 흐름, 캐릭터 간의 상호 작용 등을 전체적으로 파악하고 있기 때문이다. 그래서 오랜 경륜의 배우들도 비록 자신보다 경륜이 덜하거나 어려도 연출자의 말에 귀를 기울인다.

1996년, 배우이자 연출가로 한양대학교 교수로 재직한 최형인 씨가 연출한 〈러브레터〉에 출연했을 때의 일이다. 〈러브레터〉는 미국의 극작가 앨버트 램스델 거니가 1989년에 발표한 작품으로, 초등학교 시절부터 친구였던 앤디와 멜리사가 10대부터 50대까지 평생 주고받은 편지를 번갈아 읽는 형식의 연극이다. 오랜 기간 우정을 나눠 왔던 두 남녀가 멜리사의 죽음을 앞두고서야 서로에 대해 사랑하는 마음을 깨닫게 되는 과정이 가슴 저린 대사로 펼쳐진다.

〈러브레터〉는 남녀 두 사람이 여섯, 일곱 팀으로 나뉘어 돌아가면서 공연을 하는데, 하루는 최형인 씨가 내 공연을 보더니 큰일났다면서 다시 연습을 하자고 했다. 최형인 씨와 연배도 비슷하고, 연기를 오래 해온 입장이었기 때문에 솔직히 기분이 썩 좋지 않았다. 내 연기를 믿지 못하는 건가 생각도 했다. 하지만 난 그런 내색을 하지 않고 다시 연습을 했다.

그런데 최형인 씨가 유심히 내 연기를 지켜보더니 생각지도 못한 단점들을 짚어 냈다. 그때 난 무릎을 탁 쳤다. 연출이라는 영역은 저런 거구나, 하는 것을 깨달은 것이다. 배우는 주관적인 입장에서 연기를 하다 보니, 자신의 모습을 객관적으로 확인할 수 없다. 반면 연출가는 객관적인 입장을 유지할 수 있기 때문에 배우가 무의식적으로 보이는 문제점을 정확히 짚어 낼 수 있다.

최형인 씨와 함께 작업을 하면서 내가 나도 모르는 사이에 자만심을 가지고 있었다는 것을 깨달았다. 배우에게는 배우의 영역이, 연출가에게는 연출가의 영역이 있다. 연출가가 같은 연배든, 까마득하게 어리든 분명히 배울 것이 있다. 지금도 그런 생각을 지켜오고 있다.

고행이 주는 선물

몇 년 전, 가까이 지내는 분의 집에 놀러 갔다가 너무나 예쁜 이불을 보았다. 큰 직사각형으로 재단된 천을 이어 붙이고 솜을 두어 손수 만든 멋진 이불이었다. 요즘 멋을 아는 분들이 좋아한다는 퀼트 이불로, 천의 질이나 색채의 조화 등이 뛰어난 품격 높은 예술 작품이었다.

여러 사람들이 탐내는 그 이불은 주인이 손수 한 땀 한 땀 정성들여 만든 작품이라 달라는 말도 못하고 팔라는 말도 못하고, 다들 직접 만들어 보고 싶어 했다. 그러나 만드는 과정을 듣고 있던 사람들은 시작하기도 전에 포기하고 말았다. 이 바쁜 세상에 누가 쪼그리고 앉아 수천 번의 바느질을 할 수 있겠는가?

언제부터인가 힘들고 고생스러운 일들은 피해 가는 것이 너무나 당연한 일이 되어 버렸다. 경제적으로 다소 여유가 생기면서 우리의 삶은 마치 인스턴트 식품처럼 쉽고 빠르고 편하게 사는 방법만 찾아다니고, 빨리 절망하고 쉽게 좌절하며 어려움을 해결하기보다는 삶을 포기하는 사람들이 늘고 있다.

나도 배우로서, 아내로서, 어머니로서 길다면 긴 시간을 살아왔다.

그런데 그 중에 돈 걱정을 하지 않고 산 시간은 그리 길지 않다. 어린 시절에는 늘 힘든 환경을 견뎌 내야 했고 결혼하고 나서는 직접 돈을 벌어 가족의 생계를 꾸려 가야 했다.

때로는 너무 힘겨워 다 내던지고 싶고, 포기하고 싶은 적도 있다. 마치 커다란 벽을 앞에 두고 있는 것 같은 절망적인 기분이 들었던 적도 있다. 내가 아무리 열심히 노력해도 뛰어넘을 수 없는 벽.

하지만 나는 포기하지 않고 꿋꿋이 버텨 오늘날에 이르렀다. 포기가 결코 해결책이 아니라는 것을 잘 알고 있었기 때문이다.

살다 보면 누구나가 다 한계에 부딪치게 마련이다. 그럴 때 옆길로 돌아가거나 뒷걸음질 치고 포기하는 식으로는 결코 극복할 수 없다. 한계를 뛰어넘기 위해선 고행이 필요하다. 불교에서 고행이란 깨달음에 이르기 위해 육신을 고통스럽게 하면서 그것을 견디어 내는 수행을 말한다.

옛날, 먹고 살기 어렵던 시절에는 삶 자체가 고행이었다. 그것은 어떤 깨달음을 얻기 위함이 아니라, 먹고 살기 위한, 어떻게든 가족을 건사하기 위한 것이었다. 고행을 자처하며 열심히 살아온 우리 부모들은 단단한 정신력으로 무장한 채, 생활전선에서 싸우는 강인한 투사가 되었고, 결국 나라를 일으키는 원동력이 되었다.

그러나 세상은 바뀌었다. 부모들이 자신의 절절한 고생담을 늘어놓아도 자식들은 한쪽 귀로 흘려 버린다. 완전히 다른 환경에서 자란 그들에게 부모들의 이야기는 현실감 없는 한낱 추억담일 뿐이다.

고행과 인내가 삶의 축이었던 부모 세대와는 달리, 요즘 젊은 세대에게 인내와 고생은 별도로 찾아가서 체험해야 하는 것이 되어 버렸다.

둘레길, 올레길 등 자연을 벗 삼아 오랜 시간 걷는 것이 유행하는 것도 그러한 '고생 체험'의 일환으로 생각해 볼 수 있을 것이다. 지친 일상과 팍팍한 삶에 지쳐 한계에 부딪힌 사람들. 그들에게 자연과 함께 걷는다는 것은, 자신의 한계를 짧게나마 시험해 볼 수 있는 좋은 기회일 것이다. 최근 성행하고 있는 해병대 캠프나 극기 훈련 캠프도 비슷한 기회가 될 것이다.

어찌되었건 자연과 함께 걸으면서 사람들은 도심에서 느끼지 못했던 나눔이나 여유 그리고 명상의 시간을 가질 기회를 얻게 된다.

사회적 지위나 특별한 사람이 되기 위해, 뒤처지지 않기 위해, 더 좋은 것을 갖기 위해, 앞뒤 돌아보지 않고 달려왔던 숨가쁜 시간. 천천히 걷기 위해 마련된 길들은 잠시라도 다른 사람을, 그리고 자기 자신을 돌아볼 수 있는 여유를 선물해 주는 것이다.

현명하고 강인한 사람들은 고행 없이도 삶의 이치를 깨닫겠지만 뿌리가 약해 흔들리는 많은 약한 사람들은 다양한 고행을 통해 삶을 재충전하는 것도 좋은 방법이다. 나 역시 산티아고나 올레길, 하다못해 서울 시내 둘레길이라도 훌쩍 떠나고 싶지만 삶의 기반이며 제약인 것들을 잠시 내려놓고 갈 용기가 없어 대신 환갑을 맞은 남편에게 손수 만든 명품 이불을 선물하는 기쁨의 고행을 시작으로 많은 지인들에게 이 고행의 결실들을 나누어 드렸다.

마음이 곧 부처

세상살이가 복잡하고 힘들다 보니, 사람들은 누군가에게 위로를 받고 싶어 한다. 그런 사람들의 심리를 반영한 듯 온 세상이 힐링 열풍이다. 한 마디로 정리된 격언이나 좌우명이 쏟아져 나온다. 때로는 달콤한 위로의 말로, 때로는 냉정한 독설로 사람들의 마음을 파고든다. 그 말들은 하나같이 세련된 글귀로 되어 있어 그 중 열 개만 골라 지키며 살아도 세상을 법 없이도 살 수 있을 것만 같다.

그런데 이런 현상들을 보면서 삶의 문제나 고민은 어느 시대나 비슷하다는 생각이 든다. 늘 젊은 세대는 고민하고 기성세대는 그런 젊은 이들에게 위로 혹은 충고를 던지곤 했다. 그게 이치였고 순리였다. 다만 표현의 방식과 단어만 달라졌을 뿐 내 젊은 시절 고민과 별로 다르지 않고 내 선배가 해주었던 말과도 크게 다를 바 없는 것들이 반복되고 있다.

사실 나는 "김성녀 씨의 좌우명은 무엇입니까?" 하는 질문을 받으면, 좀 당황스럽다. 나는 특별히 좌우명이라고 할 만한 것이 없다. 사람들은 인생을 살아가는 어떤 원칙을 담고 있는 명언이나 경구 같은 것을 마음에 품고, 그렇게 살아가기 위해 노력하지만 나에게는 내 일이 그러한 명언이나 경구와 다름없다. 오로지 더 좋은 연기, 더 좋은 배우가 되기 위해 노력했고, 무대 위에서 인생 대부분의 시간을 보냈다. 그래서 누군가의 한 마디가 나를 지배한다기보다는, 하루하루 최선을 다해 내 삶을 증명해 내는 것이 전부였다.

하지만 비록 좌우명은 아니지만, 나에게도 마음에 품고 있는 문장 하나는 있다.

'마음이 부처心卽是佛'라는 말씀이다.

나는 젊은 시절엔 종교에 관심이 없었다. 아마도 어렸을 때 만난 교회 집사님의 영향이었는지도 모르겠다. 어릴 때 마땅히 놀 곳이 없었던 나와 친구들은 집사님 댁 골목에서 떠들고 놀며 시간을 보냈다. 집사님은 우리가 눈에 띌 때마다 우리에게 구정물을 뿌리며 욕을 해대곤 했다. 그런 집사님은 주일날마다 교회를 찾아 열렬히 기도를 드렸다. 그 이중적인 모습을 보고 자라면서 자연스럽게 종교에 대해 그다지 좋지 않은 이미지를 갖게 되었다.

종교와 본격적으로 인연을 맺게 된 건 결혼하면서부터였다. 남편 집안의 종교가 불교였던 것이다. 시어머니는 "우리 집안은 공을 많이 들인 집안이다. 너는 맏며느리이니 부처님을 잘 섬겨야 한다."고 말씀하셨지만, 그때만 해도 불교에 별 관심이 없었던 나는 시어머니 말씀에 쉽게 공감하지 못했다. 시어머니가 돌아가신 뒤, 49재 자리에서 스님들과 인연을 맺게 되면서 불교에 흥미를 가지기 시작했다.

그렇게 불교에 대해 알아 가던 중에, 당시 중앙대 총장을 지낸 작곡가 박범훈 씨로부터 국악 찬불가 운동을 하자는 제의를 받았다. 찬불가를 부르면서 좋은 스님들, 불자 님들을 만나게 되었고 자연스레 불자가 되었다. 들꽃같이 고운 불자님들을 뵐 때마다 '나도 저런 불자가 되어야지' 하는 마음이 들었다. 무엇보다 찬불가를 부르는 것 자체가 나에게는 환희 그 자체였다. 당장 쓰러질 것처럼 힘들 때도 산사에서 찬불가를 부르면 마음이 맑게 정화되는 느낌이 들었다.

언젠가, 어느 산사에서 열렸던 법회가 생각난다. 그날 노스님이 법문하시는데 좌중이 시끄러웠다. 이어서 내가 음성 공양을 올렸다. 그런데 약속이라도 한 듯 조용히 노래를 다 듣고는 큰 박수로 환호하는 게 아닌가. 그러자 노스님께서 "보살님이 큰 법문을 하고 다니는군요. 앞으로도 음성 공양을 열심히 해주시오."라고 독려해 주셨다.

1992년에는 세종문화회관 대강당에서 열린 창작 국악 교성곡 〈보현행원송〉(광덕 스님 작시, 박범훈 작곡) 발표회에 출연했다. 그때 나는 연극 공연 연습을 하다 넘어져 갈비뼈가 부러진 상태라, 몸에 붕대를 감고 무대 위에 서야 했다.

그날 내가 아픈 것을 아신 광덕 스님이 무대 위에 올라와 격려해 주시다가 그 자리에서 계를 주고 혜명慧明이라는 법명까지 지어 주셨다. 무대에서 계를 주신 것은 처음 있는 일로 갈비뼈가 부러진 채 노래한 것에 대한 고마움을 그렇게 표현하신 거라며 다들 부러워했다.

나는 '마음이 부처心卽是佛'라는 말이 제일 가슴에 와 닿는다. 부처, 즉 깨달음은 마음속에 있다는 것이다. 어찌 보면 참 소박한 이야기인데, 그래서 더 마음에 와 닿았던 것 같다.

'마음이 부처'라는 말은 아주 소박한 문장으로 거대한 진리를 표현해 내고 있다. 많은 종교가 저마다 모시는 신이 있고, 나름대로의 교리가 있지만 근본적인 목적은 마음을 닦고 수양하는 데 있을 것이다. 그러니 마음이 부처라는 말은 불교뿐만이 아니라 다른 종교까지 포용할 수 있는 광범위한 말로 해석할 수 있다.

그 후 내 마음이 부처인 것처럼, 다른 사람의 마음도 부처라고 생각하려고 노력했다. 그 이후부터 매사에 긍정적이고 감사하고 행복하다. 인간사 이해 못할 일이 없어졌고, 어려운 것들을 헤쳐 나가는 힘이 저절로 생겼다.

사람들은 모두 세상사 희로애락에 휘둘리며 살아간다. 나 또한 마찬가지다. 즐거운 날이 있는가 하면 힘들고 지친 날도 있는 것이다. 그럴 때면 언제나 마음이 부처라는 말을 떠올려 보곤 한다. 기쁨은 물론, 삶의 고통과 피로까지도 즐길 수 있는 마음의 여유가 있다면 아무리 힘든 일이 닥쳐 와도 웃으면서 극복할 수 있을 것이다.

마음의 여백을 채우는 법

지난 2010년과 2014년, 나는 두 권의 책을 세상에 내보냈다. 연극하는 사람이니 연극에 관련된 책이라고 생각하겠지만 뜨개질에 관한 책이었다. 내가 뜨개질에 관련된 책을 내는 게 무대 위의 내 모습만 보신 분들께는 낯선 일이겠지만 내 주변 사람들에게는 언젠가 그럴 줄 알았지, 라는 반응이 많았다.

차를 타고 어딘가로 이동할 때, 누군가를 기다릴 때, 잠이 오지 않는 밤이나 편하게 누군가와 이야기를 나눌 때 내 손은 늘 분주하다. 어딜 가나 실과 바늘이 내 가방 한 구석을 차지한다. 겉보기에는 화려하고 사교적일 것 같지만 사실은 난 사람 만나는 걸 좋아하지 않는다. 주어진 하루 스물네 시간을 스물다섯 시간처럼 정신없이 살아왔기에 누군가를 만나서 차를 마시고 편안하고 느긋하게 수다를 떠는 일은 거의 없다. 그러자니 항상 바쁘고 분주하다가 어느 때 시간이 비는 순간이 찾아오면 막막한 느낌이 들기도 한다. 시간을 어떻게 보낼 줄 모르는 내가 할 수 있는 건 잠을 자거나 TV를 보는 것. 그마저도 참 무기력하게 느껴져 참 싫었다.

우연히 다시 찾은 취미가 뜨개질이다. 뜨개질을 하면서 나는 내게 주어진 여백의 시간을 알뜰하게 잘 보내고 있다. 대사를 외우고 학생들을 가르치고 공연을 하고 강의 준비를 하는 일 틈틈이 찾아오는 여백을 보내는 즐거운 방법을 찾아낸 셈이다.

다시 뜨개질을 시작한 건 딸아이에게 줄 코트를 뜨기 시작하면서부터였다. 영국에서 유학을 하던 딸아이는 방학 때 집에 올 때마다 허름한 니트 옷을 가방 보따리에 잔뜩 싸 들고 오곤 했다. 디자인은 참 예쁘지만 질이 좋지 않은 실로 만들어 몇 번만 입고 나면 후줄근해지는 그런 옷들이었다. 살펴 보니 손으로 짜도 될 것 같았다. '왕년에 내가 뜨개질을 좀 했던 사람 아닌가' 하는 생각에 실을 몽땅 사 와 뜨개질을 시작했다. 동네에 마침 뜨개질하는 집이 있어서 틈이 날 때마다 가서 물어물어 짜기 시작했다. 처음 만들어 본 작품 치고는 꽤 쓸 만했다. 안감까지 넣어서 딸아이에게 건넸다. 딸아이에게 해주었으니 아들아이도 해주고 싶었다. 빨간색 스웨터를 열심히 짜서 아들아이에게 건넸다. 좀 작았다. 낙심했지만 포기할 수 없었다. 같은 색을 또 짜기가 지루해 이번에는 파란색으로 제대로 짰다. 오랜만에 해보는 거라 조금 뒤틀리긴 했지만 그럭저럭 쓸 만했다. 재미가 슬슬 붙었다.

뭔가에 한 번 몰입을 하면 정신없이 빠져드는 성격이라 뜨개질을 시작하니 좀체 손에서 놓을 수가 없었다. 분장실에서, 연습실에서 틈이 날 때마다 실 꾸러미를 붙들고 있으니 너도 나도 호기심으로 눈이 반짝거렸다. 내가 직접 짠 목도리라도 하고 나간 날이면 보는 사람마다 탄성을 질렀다. 칭찬만큼 좋은 약이 어디 있으랴. 저절로 어깨가 으쓱

지인들에게 선물하기 위해 틈틈이 짠 뜨개질의
여러 유형들.

해졌다. 그리고 고마운 사람들을 챙기고 싶어졌다. 나 혼자 하고 다니
려고 뜨개질을 하자니 어쩐지 아까운 기분마저 들었다. 내가 하고 다
니는 걸 저렇게 부러워들 하는데 직접 떠서 주면 얼마나 좋아할까. 그
런 생각을 하자 몇몇 사람의 얼굴이 머릿속을 스쳤다. 누구도 주면 좋
겠고, 또 누구도 주면 좋겠네. 목도리는 시작도 하지 않고, 줄 사람부
터 세기 바빴다. 이걸 받고 좋아하는 그의 얼굴을 얼른 봤으면, 하는
마음이 손길을 재촉했다.

　웬만한 머플러는 이틀이면 하나가 만들어지니 피아노 치는 사람, 분
장하는 사람 등등 주변 사람들에게 하나씩 머플러를 짜서 선물을 하
기 시작했다. 한 코 한 코 뜨는 것이 즐거움 그 자체였다. 고운 실과
튼튼한 바늘, 그리고 즐거운 마음이 어우러져 만들어지는 하나하나가

그렇게 뿌듯하고 좋을 수가 없었다. 나를 위해 짜는 것보다 남을 위해 짜는 것이 더 큰 즐거움을 준다는 걸 알았다. 이걸 받고 좋아할 사람의 얼굴을 떠올리면 어깨가 아픈 것도 눈이 침침한 것도 아무런 문제가 되지 않았다. 목도리에서 모자로, 가방으로, 스웨터로, 조끼로 그렇게 자꾸 자꾸 일이 커졌다.

정말 고마운 사람, 소중한 사람들에게 내 손으로 뜨개질한 것을 슬쩍 건네주면 받는 이들의 표정이 모두들 어린애처럼 활짝 피어난다. 마냥 좋은 표정들이다. 그렇게 건넨 내 뜨개질 선물들은 세월이 흘러도 계절이 돌아오면 어김없이 그들의 목과 머리를 감싼다. 여름에 받은 이들은 여름에, 겨울에 받은 이들은 겨울에, 철에 따라 내가 건넨 것들을 옷장 서랍에서 꺼내 들곤 한다. 아마도 그들은 그걸 꺼낼 때마다 '이건, 김성녀가 짜 준 거야.' 하고 생각할 것이다. 어쩌면 그것들을 가지고 다니며 가끔은 만나는 사람들에게 "이건, 연극하는 김성녀 씨가 짜 준 거야."라고 조금은 자랑스레 말할지도 모르겠다.

남편과 아이들도 예외가 아니다. 내 뜨개질의 가장 큰 수혜자는 바로 가족들이다. 성장하는 아이들을 위해, 늘 내 곁을 지켜 주는 남편을 위해 뜨개질을 하고 있으면 내가 비록 그들을 위해 차려 준 밥상이 평생에 걸쳐 몇 끼니 되지 않더라도 엄마 역할, 아내 역할을 조금이라도 제대로 하고 있는 듯한 기분이 들어 마음이 푸근해진다. 뜨개질로 그들의 몸을 따뜻하게 해주기 전에 내 마음을 먼저 따뜻하게 하는 셈이다.

남이 보면 참 고된 노동을 왜 사서 하나, 싶기도 하겠지만 내게 뜨개질은 놀이이자 휴식이다. 잘 만들어진 털실이 단단히 감긴 실 뭉치의 고운 색감을 새로 발견한 날이면 내 마음은 풍선처럼 부풀어 오른다. 뜨개질은 바늘을 들 때 시작되는 게 아니다. 실 뭉치를 고를 때 이미 시작된다. 이 색으로는 스웨터를 짜면 좋겠다, 이 색과 저 색을 섞어 코트를 짜면 얼마나 좋을까. 남은 실로 모자를 떠도 좋겠네, 목도리도 예쁠 거 같고. 이렇게 상상하고 나면 당장이라도 그 실을 손가락에 걸쳐 놓고 바늘을 움직여 뭔가를 뜨고 싶어진다.

고등학교 졸업 후, 동네 아줌마들 사이에 끼어 앉아 처음 실을 만지기 시작한 그때가 지금도 가끔 생각난다. 세상으로 향한 문과 창에 빗장을 단단히 걸어 둔 채 뜨개질 속에 고개를 파묻고 있었을 내 스무 살의 한때가. 그때 내 옆을 흘러 지나가던 세상과 시간은 나에게 아무것도 남기지 않는 것 같아서 무척 암담했던 그때.

내 인생에 어떤 의미가 있을 것이라고는 상상도 못한 채 그저 무심히 손가락을 놀리며 익힌 뜨개질이 세월이 훌쩍 지나 육십을 넘긴 지금까지 이어지고 있는 걸 보면 살아가는 일이 참 신기한 일이라는 생각이 문득 들곤 한다. 결혼하고 나서도 잠깐 뜨개질을 해보곤 했다. 아이를 가지니 내 손으로 아이 옷을 만들어 입히고 싶은 마음이 들어서였다. 그런데 그리 오래 가지 않았다. 사는 게 너무 바빠서 가만히 앉아 뜨개질을 하고 있을 시간이 없었기 때문이다. 집안일로부터 집 바깥의 일까지 하루하루 잠시도 쉴 틈 없이 밀려드는 일들로 가득 찬 나날이었다. 그렇게 세월이 흘렀다.

예나 지금이나 나는 여전히 해야 하는 일들로 바쁘다. 내가 하고 싶은 일부터 나를 필요로 하는 일까지 잠시도 멈출 틈 없이 많은 일들이 숨가쁘게 돌아가고 있지만 세월은 그냥 흐른 것만은 아니었나 보다. 숱한 일들 사이에서 틈을 발견하고 그 틈을 채우는 법을 나는 세월을 통해 배운 것 같다. 그 틈을 채우는 나만의 방법이 바로 뜨개질이다. 세월이 흐른 뒤 다시 만난 뜨개질은 스무 살 때 하던 것과는 달랐다. 신기하게도 몸으로 익힌 건 세월이 지나도 고스란히 살아난다. 오랜 세월 동안 뜨개질과 거리가 멀었음에도 실과 바늘을 잡으니 물흐르듯 저절로 손이 움직여진다. 뜨개질은 더 이상 세상과 나 사이를 갈라 놓는 가림막이 아니었다. 내 손을 타고 만들어지는 것은 나 혼자 입을 옷이 아니라 내 주변의 고마운 이들을 위한 것이었다.

털의 감촉과 색의 찬란함에 감탄하고 음미하며 뜨개질을 하고 있노라면 당시의 나는 뜨개질을 하며 무슨 꿈을 꿨었나 더듬듯 기억을 떠올릴 때가 있다. 꿈이라는 걸 꿀 수나 있었을까. 분명한 건 그때의 내가 어렴풋이 생각했던 미래의 내 모습과 지금의 내 모습이 무척 많이 다르다는 사실이다. 그저 하루하루 주어진 대로 버티고 열심히 살아온 덕분이다. 뜨개질은 나의 지난 삶과도 무척 많이 닮아 있다. 요령도 없이 요행도 없이 그저 묵묵하게 버티고 앉아 손을 놀리면 나도 모르는 사이 무언가 하나씩 완성이 되고, 그것을 발판으로 다른 무엇을 또 시작할 수 있는 힘을 얻는다.

그래서일까. 나는 뜨개질의 정직함이 참 좋다. 뜨개질은 한 시간쯤 공을 들이면 꼭 그만큼 진척이 된다. 내가 뜨면 뜨는 대로 꼭 그만큼.

요행도 없어 운을 기대할 것도 없는 것이 오히려 마음이 편하다. 내가 애쓴 꼭 그만큼 만들어진다.

뜨개질을 하고 있노라면 수많은 생각들이 머릿속을 스쳐 지나간다. 어떤 것은 꼬리에 꼬리를 물고 느닷없이 과거의 어느 순간을 불러오기도 하고, 어떤 것은 앞으로의 계획과 꿈에 대한 구체적인 계획으로 이어지기도 한다. 물론 상념으로 흩어져 자취도 없이 사라져 버리는 경우도 많다. 그러나 분명한 것은 시간이 흐른 만큼, 내가 손을 움직이는 만큼 뜨개질은 그만큼 진도가 나가 있다는 것이다. 살다 보면 세상에 노력한 만큼 되지 않는 일이 얼마나 많은가. 운을 바라고 허황된 꿈을 바라는 일들은 또 얼마나 많은가. 그런 것에 비하면 뜨개질은 노력한 만큼의 성과를 돌려준다. 길을 잘못 들거나 생각을 잘못해서 들인 노력이 물거품이 되는 일이란 뜨개질을 하는 동안에는 어지간해서는 일어나지 않는다.

뜨개질을 하면서 나는 인생에 대해 많은 걸 생각한다. 가로 세로 코수를 계산해서 무늬를 만들어 가다 보면 어쩌면 우리 인생사도 이런 게 아닐까 싶다. 코수를 세서 만드는 건 참 복잡하고, 이것이 나중에 어떤 모양이 될지, 내가 원하는 대로 모양이 나올지 알 수 없지만 시간이 지나 정해진 코수대로 만들어 가다 보면 어느새 다양한 모양새의 무늬가 완성이 되어 있곤 한다. 한 뭉텅이의 실이 내 손을 거쳐 옷이 되고 머플러가 되어 있는 것이다. 지금 우리가 하루하루 살아가는 것이 도대체 내 인생에서 어떤 의미가 있는 걸까, 이렇게 사는 게 맞는 걸까 하루에도 몇 번씩 자문하며 살아가지만 결국 하루가 지나고 한 달이 지나고 일 년이 지난 뒤 돌이켜보면 그 하루하루가 나름의 의미가 있는 날들이었음을 문득 깨닫게 된다. 뜨개질의 코수 하나하나가 모여 스웨터가 되고 머플러가 되고 모자가 되듯이 지금 내가 사는 하루하루가 모여 삶이라는 커다란 세월을 만들어 낸다는 새삼스러운 사실을 깨닫게 되는 것이다.

일도 사람도 모두 시작은 그렇게 한 코에서 시작한다. 수많은 관계의 시작은 찰나에서 비롯되고 그것이 우리를 어디로 어떻게 데려갈지는 아무도 모른다. 뜨개질을 하듯 삶을 짜노라면 한 코 한 코가 모여 옷이 되고 머플러가 되듯 하루하루가 모여 또 다른 나를 이루고 만들 것이라고 나는 그렇게 믿는다.

쉴 틈도 없이 늘 분주하지만 나는 그 틈 사이를 또 비집고 들어가 뜨개질을 한다. 뜨개질을 하고 있노라면 나를 둘러싸고 벌어지는 모든 일들 속에 있긴 해도 잠시나마 그 일들과 멀찌감치 떨어져 비로소 나만의 시간, 나만의 공간에 들어온 듯한 느낌이다. 이 공간 속에서 나는 무대가 주는 즐거움이 아닌 새로운 즐거움을 은밀하게 나 홀로 만끽한다. 이 즐거움을 자꾸자꾸 느끼고 싶어 뜨개질에 들이는 시간과 정성은 갈수록 더 늘어났고, 어느새 나는 주변 사람들에게 뜨개질하는 김성녀가 되어 있다. 이것이 내가 뜨개질 책을 냈다는 사실이 어색하지 않은 이유라고나 할까.

에필로그

무대, 그곳에 선다는 것

다섯 살 때 엄마의 아역으로 무대에 오를 때 무엇보다 나를 흥분시킨 건 나를 바라보는 관객들의 반짝거리는 눈빛, 그리고 내가 무대에서 내려올 때 등 뒤로 폭포처럼 쏟아져 나오는 박수 소리였다. 그 눈빛과 박수 소리만 있으면 언제든 나는 무대에서 춤도 추고 노래도 할 수 있으리라 생각했다. 실제로 어린 나는 아무리 배가 고파도 무대 위에 서야 한다고 누군가 신호를 보내면 먹던 밥그릇도 내팽개치고 냉큼 달려가 노래하고 춤을 췄다. 나를 향해 쏟아지는 박수 소리가 어린 내게는 그렇게 황홀할 수가 없었다. 그리고 그 박수소리는 언제까지나 이어질 거라고 생각했다. 지금 생각해 보면 정말 다섯 살짜리다운 생각이다.

배우로 오래 지내다 보니 수많은 후배들이 등장했다가 사라지고, 다시 새로운 배우가 등장했다 사라지는 모습을 숱하게 지켜봤다. 개중에는 성실하지만 작품의 운이 따르지 않아 고생만 하다가 사라지는 후배들도 있고, 실력과 노력에 비해 운 좋게 한두 작품으로 스포트라이트를 받는 후배들도 있다. 그런가 하면 묵묵히 언제나 한결같이 제자리를 지키는 후배들도 많이 있다. 사람마다 제각기 다른 사연들이 있으니 그 수많은 경우의 수를 다 언급할 수는 없다. 그러나 다만 한 가지 분명한 것은 배우가 무대에서 관객의 박수에 취하기 시작하면 길을 잃는 것은 순식간이다. 배우에게 관객의 박수는 분명 버틸 힘이 되고 위로가 된다. 그러나 그것만이 무대에 서는 유일한 이유라면 배우로서 자신의 자세를 되짚어 봐야 한다.

어디 배우뿐이랴. 대중에게 얼굴을 알리는 일을 하는 사람이라면 누구나 마찬가지일 것이다. 나를 향한 수많은 사람들의 환호가 주는 성취와 뿌듯함을 어떤 말로 표현할 수 있을까. 마치 세상이 나를 중심으로 돌아가는 것 같은 기분이 들 것이고, 내가 가진 것이 누구에게도 없는 나만의 것이라는 생각이 들기도 할 것이다.

그런데 박수를 좇아서 사는 삶이란 참 허망하다. 박수가 사라지고 나면 그뿐, 아무것도 내 손에 쥐어진 것이 없다는 걸 깨달을 때의 절망은 말로 다 할 수 없다. 언제까지나 나를 향해 환호할 것만 같은 대중이 어느새 다른 이를 향해 있을 때의 쓸쓸함이란. 대중의 박수에 취했던 만큼 그 쓸쓸함의 깊이는 더 크고, 그것을 이겨 내지 못하면 무대로 다시 돌아오는 건 요원하다. 배우에게 중요한 건 객석의 박수가 아니다. 물론 관객은 연극에 있어 정말 중요한 존재다. 그러나 배우가 그 박수에 한 번 취하기 시작하면 어지간해서 빠져나오기가 쉽지 않다.

그렇다면 지금 나를 무대로 밀어 올리는 건 무엇일까. 지금의 나를 배우로 살게 하는 건 무엇일까. 무엇이 나로 하여금 지치지도 않고, 아무리 아파도 무대 위에 서게 하는 걸까. 오랜 경력이 쌓인 지금의 나역시 그러나 막이 오른 뒤 무대에 섰을 때 빈자리가 많은 객석을 바라보는 순간 맥이 풀리는 건 어쩔 수 없는 일이다. 그렇다고 무대 위의배우가 휘둘려서는 안 된다. 물론 말처럼 쉬운 일은 아니다. 나는 그런 면에서 어찌 보면 행운을 손에 쥔 배우인지도 모르겠다. 마당놀이를 통해 수많은 사람들이 내 연기에 환호하며 우레와 같은 박수를 보내 주었다. 그렇게 수많은 사람들이 찾아 준 마당놀이를 통해 대중의사랑이라는 갈증을 다 풀어 버린 덕분인지 내 작품을 찾아오는 관객의 수에 조금은 초연해졌다.

2005년 처음 공연한 〈벽 속의 요정〉은 여배우 열전 시리즈의 한 작품이었다. 박정자, 손숙, 양희경, 김지숙, 윤석화 그리고 나까지 여섯 명의 여배우가 한 작품씩을 연달아 공연을 했다. 대중적으로 인기가 많은 윤석화 씨의 작품 〈위트〉는 매회 매진 기록을 남기고 막을 내렸다. 그리고 다음이 내 차례였다. 신경이 쓰이지 않을 수 없었다. 마당놀이를 찾아오는 관객이 10만인데 그 중 10만 분의 1만 와도 대성공이 아닐까, 싶었다. 그러나 마당놀이 관객이 〈벽 속의 요정〉을 보러 오지는 않았다. 그렇지만 대중의 인기라는 건 밀물처럼 밀려들어 왔다가 또 썰물처럼 빠져나가는 것이라는 걸 숱하게 봐 온 탓에 얼마나 많은 수의 관객이 오느냐보다 어떻게 하면 찾아온 관객과 좀더 소통을 잘할 수 있는가, 하는 것이 나의 더 큰 숙제였다. 관객과의 소통. 바로 그것이다. 지금의 나를 무대 위에서 지치지 않게 하는 원동력은 바로 관객과의 소통이다. 관객의 박수 소리가 아니라 무대에 섰을 때 관객과 나누는 소통이 그날 공연의 성패를 좌우한다. 관객의 반응에 따라 같은 작품을 해도 연극은 달라진다. 무대에서 연기를 하는 것은 배우지만 그 연기를 완성시키는 건 관객의 몫이라는 걸 나는 무대에 설 때마다 절감하곤 한다. 그리고 그것이 나로 하여금 무대에서 최선을 다하게 만드는 힘이기도 하다.

배우 생활을 시작한 지 얼마 되지 않아 남편과 결혼하고, 그 후 나는 줄곧 남편이 있는 극단 「민예」와 손진책 연출 연구소에서 연기를 해왔다. 그 뒤로 남편과 함께 극단 「미추」를 만들어 마당놀이를 이끌었으니 나는 늘 배우이자 극단 대표의 아내였다. 그러다 보니 함께 일하는 후배들은 물론이고 선배들까지 나를 그냥 동료나 후배만으로는 대해 주지 않았다. 내가 아무리 '대표 부인이기 이전에 한 사람의 배우'라는 태도로 일을 해도 그들의 시선 속에는 한 사람의 배우이기 이전에 극단 대표의 부인이었다.

나는 어떤 이름보다, 어떤 위치보다 배우로서의 내 자리에 가장 큰 자부심을 가지고 사는 사람이다. 그러니 그런 색안경을 끼고 보는 시선이 썩 달갑지 않았다. 그때마다 나는 나를 배우로서만 봐 줄 것을 당당히 요구했고, 무대에 설 때마다 그런 상황과 관계없이 한 사람의 배우로서 무엇보다 관객과의 호흡에 정성을 쏟았다. 극단 역시 조직이다. 조직의 논리에 한 번 휘둘리기 시작하면 내가 지금 이곳에서 무엇을 하고 있는지 혼동스러울 때가 많다. 인간관계에 상처를 받기도 하고, 사람들의 말 한 마디에 무릎이 툭 꺾일 때도 있다. 배우가 연기 외에 다른 것에 마음을 쓰면 무대에 오래 설 수 없다. 무대에 선 사람들은 자신을 향한 세상의 환호에 취하지 않아야 하는 것처럼 자신을 향한 세상의 날선 말에 상처 받지 않도록 스스로를 보호할 의무가 있다. 자신을 향한 다른 사람들의 반응에 일희일비하지 않을 것, 그것이야말로 무대에서 오래 살아 남는 가장 기본적인 자세라 할 수 있다. 그러니 내가 믿고 갈 수 있는 것은 오로지 관객밖에는 없다는 원론적인 입장으로 돌아올 수밖에 없다. 공연장 밖을 나서는 관객, 공연장 앞에서 대기하고 있는 관객이 아닌 내가 무대에 서 있는 바로 그 순간, 나와 눈을 마주하고, 내 호흡에 반응하는 바로 그 순간의 관객이야말로 내가 가장 정성을 들여 대해야 하는 내 존재의 바탕이다. 그런 마음으로 무대에 설 때라야 거짓이 아닌 진정성 있는 연기가 몸과 입을 통해 나오고, 그런 연기가 바탕이 되어야만 오래오래 무대에 설 수 있다.

지금껏 연극을 해오며 많은 평을 들어왔다. 그 가운데 내가 가장 좋아하는 건 문화평론가 김성우 선생의 평이다.

"김성녀는 배우의 원형이자 전형이며 이상형이다."

이 평은 나를 정말 행복하게 해준다. 세월이 흐르면서 나 역시 나이가 들어갈 것이다. 사람들은 내게 좋은 배우의 조건이 뭐냐고 묻는다. 나라고 어떻게 정답을 알 수 있을까. 반듯한 몸? 올바른 정신? 정확한 화술? 뛰어난 재능? 물론 이런 것을 가지고 있으면 좋을 것이다. 그렇다면 나이가 들어 늙고 힘이 없어져 초라한 몸이 되면 좋은 배우가 아닌 것인가. 무대를 오래 지켰다고 해서 좋은 배우에 대해 쉽게 정의내릴 수 없다. 어떤 배우가 좋은 배우인지는 모르지만 내가 되고 싶은 배우의 상은 있다. 관객과의 소통을 무엇보다 소중히 여기고, 관객과의 약속을 반드시 지키려는 마음, 관객을 무서워 할 줄 아는 겸손함을 잊지 않고 무대에 서는 배우이다. 그것이야말로 내가 원하는 진정한 배우의 상이다. 무대에 선 세월이 오래 되었다고 해서 저절로 좋은 배우가 되는 것은 아닐 것이다. 무대에 선 순간을 귀하게 여기고 무대 위에서의 대사 한 마디, 동작 하나하나를 주의깊게 지켜봐 주는 관객의 시선을 감사하게 여기는 것이야말로 좋은 배우가 되기 위한 기본 자세일 것이다.

　지금은 누구보다도 크고 또렷한 목소리를 가지고 있지만 언젠가는 발음도 불분명해질 것이고 노랫소리도 탁해질 것이다. 지금이야 몇 시간이고 무대 위에서 뛰어다닐 힘이 넘치지만 언젠가는 내 체력도 바닥이 날 때가 올 것이다. 그러나 혀가 꼬부라지고 힘이 없어 무대에 오래 서 있지 못한다 해도, 나는 여전히 배우이고 싶다. 나를 향한 관객의 우렁찬 박수 소리는 없을지라도 객석에서 나를 바라봐 주는 관객이 한 사람이라도 있다면 나는 언제까지나 배우이고 싶다. 그 한 사람만을 위해서 기꺼이 무대에 설 수 있는 그런 배우이고 싶다. 그래서 언젠가 내가 들었던 최고의 평에 정말 잘 어울리는 그런 배우로 기억되고 싶다.

천구의 얼굴 김성녀 Life Story
벽 속의 요정

초판 1쇄 발행일 2015년 4월 10일

지은이 | 김성녀
펴낸이 | 김종해
펴낸곳 | 문학세계사

주소 | 서울시 마포구 신수로 59-1 (121-856)
전화 | 02-702-1800, 02-702-7031~3
팩시밀리 | 02-702-0084
이메일 | mail@msp21.co.kr
홈페이지 | www.msp21.co.kr

출판등록 | 제21-108호(1979.5.16)
값 13,000원

ISBN 978-89-7075-604-2 03810
ⓒ 김성녀, 2015